KB063254

열다섯 살 하영이의

스웨덴 학교 이야기

열다섯 살 하영이의 스웨덴 학교 이야기

1판 1쇄 발행 2008년 10월 27일 | 1판 8쇄 발행 2018년 12월 5일

지은이 이하영
펴낸이 조재은 | 펴낸곳 (주)양철북출판사
등록 제25100-2002-380호(2001년 11월 21일)
편집 박선주 김명옥 | 디자인 육수정 | 마케팅 조희정 | 관리 정영주
주소 서울시 마포구 양화로8길 17-9
전화 02-335-6407 | 팩스 0505-335-6408
ISBN 978-89-90220-87-5 03180 | 값 9,800원

카페 cafe.daum.net/tindrum
블로그 blog.naver.com/tin_drum
페이스북 facebook.com/tindrum2001
잘못된 책은 바꾸어 드립니다.

열다섯 살 하영이의 스웨덴 학교 이야기

창의, 다양, 여유를 배운다!

| 이하영 지음 |

양철북

⁝머리글

정말 많은 것을 배웠습니다

이 책은 제가 그동안 한 인터넷 신문에 실었던 글을 다듬고 새로 써넣어 엮은 것입니다. 처음 연재를 부탁받았을 때는 호기심이 앞섰습니다. 어릴 때부터 글쓰기를 좋아한 탓에, 지금 읽어 보면 허술하기 짝이 없는 일기와 소설을 꽤 열심히 썼지만 그것은 순전히 자기만족이었습니다. 그래서인지 스웨덴에 대한 글을 써 보라는 제의를 받고 상당히 흥미로웠습니다. 불특정 다수의 사람들이 내가 쓴 글을 읽는다니, '처음'에 대한 호기심이 많은 제게는 정말 구미가 당기는 일이었습니다.

연재를 결정하면서 저는 세 가지 원칙을 세웠습니다. 첫째, 스웨덴에 대한 선입견을 주지 않도록 한다. 둘째, 주변의 평가나 상황 변화에 영향을 받지 않고 내 생각대로 쓴다. 셋째, 공부를 소홀히 하지 않는다.

식견이 좁고 생각이 짧은 어린 학생이라서 글 속에 미숙함이 묻어 나오지 않을까 걱정을 많이 했습니다. 특히 스웨덴에 관하여 잘못된 정보를 전달하지 않을지 두렵기까지 했습니다. 그래서 내용에 대한 사실 확인을 두세 번씩 하곤 했습니다.

두 번째 원칙을 지키는 것은 더욱 힘들었습니다. 인터넷 연재는 어지간한 담력으로는 할 일이 못 되는 것 같습니다. 가뜩이나 혹평에 익숙하지 않은 제가 악성 댓글이나 날카로운 비평을 견뎌낼 수 있으리라곤 생각하지 않았습니다. 그래서 제 의견을 말하기보다는 읽는 사람들이 좋아할 만한 글을 쓰게 되지 않을까 고민이 되었습니다.

세 번째 원칙을 지키는 일 역시 쉽지 않았습니다. 제가 스웨덴에 온 것은 공부를 하기 위해서입니다. 그런 제가 본업인 공부를 뒷전으로 미루고 적지 않은 시간을 글만 붙잡고 있는 것이 문제였습니다. 마감일이 다가올 때마다 숙제를 팽개치고 끙끙대던 것을 생각하면 이 마지막 원칙을 지키는 일도 만만치 않았던 것 같습니다. 더군다나 아빠가 사다 주신 이오덕 선생님 책을 비롯한 여러 글쓰기 관련 책들까지 공부해야 했던 것은 거의 고문에 가까웠습니다. 돌이켜 보면 뭐 하나 제대로 지킨 것이 없지만 그래도 최선을 다한 점을 위안으로 삼고 싶습니다.

그동안 글을 쓰는 내내 마음 한 구석이 편치 않았습니다. 현실적인 '어쩔 수 없음'에 시달리는 한국의 학생과 부모님, 선생님 들을 두고 속 편한 소리만 해대는 것은 아닌가 하는 생각 때문입니다. "어린 애가 뭘 안다고 저러나……."라는 말을 들을 수도 있을 테고, 편한 곳에서 살고 있으니 저렇게 맘껏 이야기할 수 있을 거라는 말을 들을 수도 있었습니다. 본의 아니게 직 · 간접으로 누군가에게 상처를 줄 수 있다는 느낌도 들었습니다. 하지만 미숙하고 어린 학생의 글이지만 조금이라도 새겨들을 만한 이야기가 있다고 여겨지면 저로서는 더 바랄 것이 없겠습니다.

한국과는 많이 다른 스웨덴에서 저는 매일 신선한 충격과 새로운 경험을 접했습니다. 정말 많은 것을 배웠습니다. 보고 느낀 것을 글로 써 보면서 제 생각을 다시 정리할 수 있었고, 일상의 평범한 일들도 조금 더 주의 깊게 바라보게 되었습니다. 평소 무심코 지나쳐 버렸을 사소한 일에서도 배울 점을 찾았습니다. 그리고 제가 누리고 있는 시간이 얼마나 소중한지, 지금 곁에 있는 친구와 선생님이 얼마나 소중한지 깨달았습니다. 또한 세상에는 정말 많은 사람들이 서로의 개성을 존중하며 살아가고 있다는 사실도 알게 되었습니다. 이 모든 것은 그 무엇과도 바꿀 수 없는 귀중한 경험이었습니다.

늘 책에서 보는 평범한 인사를 하고 싶지 않았지만, 제가 직접 책을 쓰고 나니 이런 인사를 하지 않을 수 없을 만큼 감사한 분들이 많습니다.

먼저 제 모든 까다로움을 너그러이 받아 주신 양철북 출판사의 김인정 언니와 얼굴도 모르는 제게 연재를 할 수 있도록 추천해 주신 김양희 기자님께 감사드립니다. 제 글을 출판사에 소개시켜 주신 강승환 선생님, 열흘 가까이 스웨덴에서 지내며 대한민국 국회의원의 문화적 깊이와 새로운 면모를 느끼게 해 주셨던 이광철, 강혜숙 전 의원님과 스톡홀름 문화부시장과의 오찬 자리에 참석하게 도와 주신 카리스마의 본좌 안세경 전주시 부시장님께도 감사의 말씀 올립니다.

또한 소심한 아빠를 설득하며 이 엄청난 사건을 막후에서 조종하고 성

사시킨 아빠 친구 이승현 아저씨와 아빠의 동창이자 아빠 회사의 직원이신 허은미 아줌마, 그리고 끊임없이 저에게 관심을 보여준 민지 언니에게도 고마움을 전합니다. 마지막으로 저녁식사와 함께 아낌없는 격려 말씀을 해 주셨던 웁살라대학 객원연구원 안승문 선생님 가족들과 저에게 과분한 관심을 보내 주셨던 라르스 바리외(Lars Vargö) 주한 스웨덴 대사님, 그리고 박현정 공보관님을 비롯한 주한 스웨덴 대사관의 모든 분들께 감사드립니다.

이 책이 모든 분들의 관심에 대한 보답이 되기를 바랍니다.

2008년 10월 스톡홀름에서

이하영 드림

차 례

2부 에즈베리 학교 이야기

3부 그리고 스웨덴 이야기

1

소피에룬드 학교 이야기

나의 첫 스웨덴 친구들

지구 반대쪽의 내 또래들은 깜짝 놀랄 만큼 개방적이었다. 한국에서라면 어른들로부터 '쯧쯧' 소리와 함께 엄청난 날라리로 취급받을 차림새에 말하는 것도 거리낌이 없었다.

첫날 교실 앞 복도에서 마주친 남자아이는 짧게 깎은 머리에 헐렁한 바지를 입은 키 큰 흑인이었다. 목이 꺾이지 않는 것이 신기할 정도로 무거워 보이는 사슬목걸이를 걸친 그 아이는 나를 보자 손을 흔들어주었다. 나중에 알게 되었지만, 우간다에서 온 에디였다. 우간다? 미국에 살면서 별의별 나라 사람들을 만나봤지만 이름도 생소한 우간다에서 온 아이와 시시덕거리며 농담을 주고받게 될 줄은 정말 몰랐다.

안녕, 소피에룬드!

내가 다니는 소피에룬드 공립학교(Sofielunds Skolan)에는 외국인을 위한 특별반이 따로 있다. 이 학교에서 스웨덴어 과정을 마치면 선생님의 추천을 받아 일반 학교로 옮기게 된다. 수업 시간에는 스웨덴어만 사용하는 것이 원칙이지만, 영어권 국가에서 온 학생들은 스웨덴어와 영어를 섞어서 쓰기도 한다.

입학 상담을 해주신 분은 모니카 선생님이었다. 스웨덴 사람들이 얼마나 영어를 잘하는지 깨닫게 해준 모니카(스웨덴에서는 선생님에 대한 특별한 존칭이 없고, 친구 부르듯이 이름을 부른다)는 내가 수업 받을 반의 선생님들을 소개해주었다. 학생이 스무 명도 안 되는 교실에 선생님은 세 분이나 있어서 놀랐다. 스웨덴어와 테마 수업(자기 나라에 대해 소개하거나 크리스마스 캐럴 따위를 배우는 수업)을 담당하는 린다와 린다를 보조하는 콩고 출신의 론다, 그리고 수학과 과학 · 체육 등을 가르치는 잉겔라였다.

세 분 모두 스웨덴어 악센트가 들어가서 우스웠지만 의사소통에는 전혀 문제가 없을 만큼 유창한 영어를 구사했다. 더 놀라운 것은 미국 일리노이 주에서 고등학교를 졸업한 잉겔라를 제외한 두 선생님은 영어권 국가에서 살아본 적이 없다는 사실이다. 스웨덴어가 영어와 비슷한 점이 많기 때문에 영어를 배우는 데 도움이 된다고 하지만, 그것만으로 그 뛰어난 회화 실력을 설명하기는 어렵다.

:: 소피에룬드 학교에서 만난 여러 친구들

교실은 세 구역으로 나뉘어 있는데, 학생들은 가운데 구역에 모여 있었다. 내가 앞으로 6개월에서 1년 가량을 보내야 할 교실은 정말 어수선했다. 두 명이 앉을 수 있도록 미끈한 나무 책상을 세 개씩 사각형으로 붙여 놓았는데, 의자는 키가 큰 나조차 발이 바닥에 안 닿을 정도로 높았다. 엉성한 솜씨로 만든 행성 모형들이 천장에서 춤추고 있었고, 제목은 '비킹(영어로는 바이킹)'이지만 그림은 타이타닉 호인 이상한 작품들이 교실 벽 여기저기 붙어 있었다. 학생들의 모습은 더 놀라웠다. 수업 시간인데도 학생들은 죄다 헤드폰을 귀에 꽂고 만화를 보거나 끼리끼리 모여 거울을 보며 화장을 고치고 있었다. 맙소사!

"좀 시끄럽죠?"

학생들에게 천사로 불리는 린다 선생님의 물음에 '정말 그러네요.' 라고 대답하고 싶은 것을 꾹 참았다.

동양인으로 보이는 여학생도 한 명 있었는데, 그동안 만난 내 또래 가운데 가장 화장이 짙었다. 가무잡잡한 피부에 내가 초등학생이었을 적에나 유행했을 것 같은 대각선 볼터치, 성냥으로 탑 쌓기를 해도 끄떡없을 것처럼 보이는 마스카라를 한 긴 속눈썹, 겨울이라는 계절을 아랑곳하지 않고 드러낸 어깨까지……. 그러고 보니 여자아이들은 국적을 불문하고 진하거나 엷은 차이가 있을 뿐, 대부분 화장을 하고 있었다. 학생이라면 교복을 입고 학교와 집, 학원 오가기를 반복하는 대한민국에서 태어나, 신심 깊은 모범생들만 모인 미국의 기독교 학교를 다닌 내게는 그야말로 문화 충격이었다.

소피에룬드 학교에는 재미있는 규칙이 하나 있었다. 처음 입학하거나 전학 온 학생들은 일주일 동안 수업을 두세 시간만 받고 집에 돌아갈 수 있도록 하는 것이다. 하지만 나는 학교에 오래 남아 있고 싶었다. 수업 시간도 짧은데 쉬는 시간과 점심 시간이 1시간 30분이나 되니, 나한테는 오히려 그러한 '배려'가 속상하기만 했다. 얼마나 고생해서 온 학교인데……. 그렇지만 나는 학교 규칙에 따를 수밖에 없었다.

스웨덴의 다른 학교도 비슷하겠지만 소피에룬드는 쉬는 시간이 30분이다. 쉬는 시간에는 학생들을 다 내보낸 다음 교실 문을 단단히 걸어 잠그고 절대로 열어주지 않는다. 교실 환기도 시키고 학생들도 맑은 공기를 마시면서 운동을 해야 한다는 게 그 이유였다. 정말 고마운 일이지만, 원칙에 너무 충실하려는 스웨덴 선생님들이 조금 답답하기도 했다.

학교 건물은 학교라기보다는 마치 시설 좋은 휴양소 같았다. 복도에는 탁구대와 축구게임 테이블을 놓아두었고, 교실 안에는 컴퓨터 두 대를 비치해놓았다. 그동안 내가 지냈던 학교와는 너무나 다른 모습이라 처음에는 적응하기가 무척 힘들었다. 게다가 공부는 시키는 둥 마는 둥이니 정말 '학교'가 맞나 싶을 정도였다.

그렇게 첫 일주일이 지나갔다. 그때까지 소피에룬드 학교에 대해 느낀 것은 한마디로 '어이없음'이었다. 이 학교만 그런 건가? 하지만 친구들의 말을 들어 보면 다른 학교 역시 더하면 더했지 덜하진 않은 것 같다. 정도의 차이는 있어도 어이없기는 마찬가지란다.

우리 반 친구들을 소개합니다

내가 처음으로 사귄 친구는 필리핀에서 온 엘레인이었다. 우리는 둘다 영어를 할 줄 알았기 때문에 친해졌다. 우리 반에는 여러 나라에서 온 학생들이 모여 있다 보니 쓰는 말도 다양하다. 그래서 말이 통하는 아이들은 끼리 끼리 몰려다닌다. 그와 비슷한 이유로 함께 다니게 된 엘레인이 수업 시간에 전혀 예상치 못한 말을 꺼냈다.

"비(Rain) 좋아해?"

나는 뜻밖의 질문에 놀랐지만 "아니, 눈(Snow)을 좋아해."라고 대답할 만큼 눈치 없는 아이는 아니었다.

"좋아하지도 않고 싫어하지도 않아."

나는 마침 연필을 스웨덴어로 뭐라고 하는지 고민하고 있던 터라 시큰둥하게 대답했다. 하지만 엘레인은 아랑곳하지 않고 한국 드라마와 영화 이야기를 줄줄이 늘어놓기 시작했다. 한국에서도 TV와 친하지 않았던 나는 〈풀하우스〉 정도 말고는 아는 드라마가 없었다. 하지만 엘레인은 이따금 스웨덴어가 섞인 감탄사를 연발하면서 혼자 열심히 떠들어댔다. 한류 열풍을 피부로 느끼는 순간이었다.

엘레인은 나를 볼 때마다 늘 "한국 남자애들은 너무 잘생겼어."라고 말한다. 물론 엘레인이 가리키는 '한국 남자애들'이란 '비'와 같은 소수의 연예인이겠지만, 그런 말을 들으면 괜히 기분이 좋다. 덕분에 며칠 뒤에는 엘레인의 집에 가서 필리핀어 자막이 있는 한국 드라마를 보느라 고역(?)을 치렀지만…….

엘레인을 제외하면 우리 반에서 영어를 할 줄 아는 친구는 세 명뿐이다. 똑똑이 알란과 촐랑이 보그단, 그리고 디마. 알란은 핀란드에서 왔다. 나보다 많은 나라를 전전하다 스웨덴에 왔는데 책을 보지 않고도 스웨덴어

천사표 린다 선생님과 레바논에서 온 놀

필리핀에서 온 엘레인

핀란드에서 온 똑똑이 알란

루마니아에서 온 촐랑이 보그단

무슬림인 사바와 감제

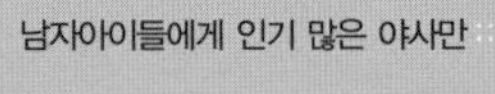

남자아이들에게 인기 많은 야사만

역사책을 줄줄 읊어대는 데다, 4~5개 국어를 유창하게 구사한다. 우리 가족은 그런 알란을 '똑똑이'라고 부른다. 보그단의 별명은 '촐랑이'다. 루마니아에서 온 보그단은 걸(girl)을 그릴(grill)이라고 쓰면서도 영어로 대화하는 데는 아무 지장이 없다. '디마'라는 애칭으로 불리는 드미트리 역시 루마니아에서 왔다. 이 사실을 몰랐던 나는 각각 이름이 다른 두 사람이라고 착각하고 있었다.

보그단은 '촐랑이'라는 별명답게 안 끼는 곳이 없다. 자기소개를 할 때 내가 영어를 하는 것을 알고서는 좋은 먹잇감이 생겼다는 듯 나를 쳐다보던 기억이 난다. 내 예상은 빗나가지 않았다. 몇 달이 지난 지금도 나는 보그단의 수다에 시달리고 있다. 보그단의 장래 희망은 프로그래머인데 수학과 기술을 무척 싫어한다.

스웨덴에는 중동에서 이민 온 사람들이 아주 많은 편이다. 내가 사는 지역은 특히 아랍 이민자들이 대부분이라 학생들도 무슬림이 많다. 내가 사는 아파트에는 심지어 망명한 쿠르드족 난민들도 있다. 서너 명의 무슬림 여자아이들 중에는 히잡을 쓴 아이들도 있지만 그렇지 않은 아이들도 있다. 그 중 얼굴이 무척 예쁜 야사만은 둘째가라면 서러워할 만큼 화장을 짙게 하고, 어깨와 배꼽이 드러나는 옷을 입고 다닌다. 여태까지 내가 생각해온 무슬림과는 전혀 다른 모습이었다.

나중에 알게 된 사실이지만 야사만의 가족은 무슬림이 아니었다. 이유는 알 수 없지만 친척들의 위협을 견디다 못해 오빠를 따라 스웨덴으로 왔다고 한다. 그래서 야사만은 이슬람교라면 고개를 설레설레 젓는다. 터키에서 온 감제는 작은아버지가 장기 밀매단의 일원이라고 태연하게 말했다. 기가 막혔다. 이처럼 말 못할 사연을 안고 이민 온 친구들이 의외로 많았다.

얼굴은 아랍인처럼 생겼는데 이슬람교와는 전혀 관계 없어 보이는 남자아이들도 많다. 대부분 자기 나라에 대해 말하는 일이 없고, 오랜 옛날 자기들을 식민지로 삼았던 나라의 친구들을 만나도 별문제 없이 잘 어울린다. 역사나 지리 수업 시간에도 특정한 나라를 비방하는 일은 없다.

하루는 식민지에 관해 배우는 수업에서 잉겔라 선생님이 "한국도 식민지였던 적이 있죠?"라고 물었다. 그때 나는 조금 창피한 생각이 들었다. 그런 이야기는 모른 척하고 지나가 주면 좋으련만……. 하지만 다른 아이들은 역사적 사실을 단지 '사실'로만 받아들일 뿐 아무런 선입견이 없는 듯했다. 도리어 남의 시선을 의식하여 애써 태연한 척한 나를 돌아보는 기회가 된 수업이었다.

내가 만난 스웨덴 친구들은 금발을 무척 좋아하고, 화장과 옷이 지나칠 정도로 화려하다. 그것 말고 특이한 점을 꼽으라면 거대한 휴대전화를 빼놓을 수 없다. 아이들은 하나같이 외부 스피커가 달린 팔뚝만 한 휴대전화를 들고 다니며 노래를 듣는다. 일주일 간격으로 휴대전화가 바뀌는 엘레인 역시 마찬가지다. 나보다 한국 대중가요를 더 잘 알고 있는 엘레인은 가끔 휴대전화로 한국 노래를 들려주곤 했다.

스웨덴어 기초를 배우는 교과서에 디스코에 관한 내용이 있다. 한 장 전체가 '디스코'다. 스웨덴에서는 학생들은 물론이고 꼬맹이도 디스코텍에 자연스럽게 드나든다. 한국은 그나마 피시방이나 노래방이라도 있지만 이곳 청소년들은 즐길 거리가 거의 없고, 그렇다고 공부에 매진해야 하는 환경도 아니니 놀 거리가 필요했을 것이다. 파티 문화가 널리 퍼진 것도 아마 그 때문이 아닐까. 친구들이 "너 내일 누구누구가 여는 파티에 갈래?"라고 묻는 것이 이곳에서는 아주 일상적이다.

한번은 엘레인이 나한테 디스코텍에 가자고 했다. 하지만 내가 디스코텍에 가려면 적어도 그런 분위기에 익숙해질 만한 시간이 필요하지 않을까? 백발에 가까운 금발로 염색하고 화장을 한 채 디스코텍에 가는 내 모습을 상상하니 머리가 다 아파온다.

당황스럽고 어수선하고 황당하기까지 한 스웨덴의 소피에룬드 학교. 하지만 자유로운 분위기만큼은 다른 어떤 나라의 학교와도 비교할 수 없는 것 같다. 그래, 스웨덴은 자유와 창의적인 사고의 나라다. 아자!

숲 속 체험학습

2월 14일, 밸런타인데이에 우리 반은 가까운 숲으로 현장 체험학습을 하러 갔다. 현장 체험학습이라고는 하지만 소풍이나 다름없었다. 다만 소풍을 가기에는 추운 날씨라 선생님들은 며칠 전부터 "반드시 따뜻한 옷을 입고 모자와 장갑도 준비하세요!"라고 강조했다.

북쪽 나라 스웨덴의 겨울은 매섭게 추울 것이라 생각했는데 올해는 이상하리만치 날씨가 따뜻했다. 그날도 날씨가 따뜻해서 나는 평소와 다름없는 가벼운 복장에 얇은 스니커즈를 신고 집을 나섰다.

버스를 타고 몇 정거장을 지나 주택가에 내리자 그림처럼 예쁜 집들 사이로 숲의 입구가 보였다. 키 큰 나무들로 우거진 박스모라 숲은 강인지 호수인지 바다인지 짐작할 수 없을 정도로 넓은 물(스톡홀름에는 그런 곳이 많다)과 숲이 맞닿아 있었다. 한국의 동네 공원처럼 이름만 숲이 아니라, 키 큰 나무들이 빽빽이 우거져 있고 졸졸 흐르는 시냇물과 토끼 같은 산짐승들이 뛰어노는 진짜 숲이었다.

모닥불 놀이

숲을 가로질러 조금 높은 곳으로 올라가니 커다란 물줄기와 맞은편의 육지가 보였다. 남자아이들은 그 위에 기어 올라가 사진 찍고 소리 지르는 등 야단 법석을 떨었다. 나무가 우거진 숲 속은 공기도 맑고 풀냄새도 좋았다. 잉겔라는 스톡홀름 외곽으로 나가면 곰과 늑대가 나오는 숲도 심심치 않게 있다고 했다.

"위험하지 않아요?"

"전혀 위험하지 않아. 바보 같은 사람들이 동물들을 건드리지만 않으면 오히려 동물들이 사람을 피해 가지."

사람들이 자유롭게 드나드는 한국의 숲에서는 산짐승을 본 적이 없던 터라 나는 스웨덴의 숲이 부럽기도 하고 샘이 나기도 했다.

우리가 도착한 곳은 숲 한가운데 있는 넓은 공터였다. 공터 중앙에 통나무 벤치가 있고, 그 옆에는 모닥불을 피울 수 있도록 큰 돌들이 놓여 있었다. 다른 한편에는 붉은색 나무로 지은 스웨덴 전통 양식의 집이 울창

:: 박스모라 숲으로

한 숲을 등지고 있어서 마치 동화책 그림에나 나올 것 같은 아름다운 풍경이었다.

잉겔라가 축구공과 원반을 던져주자 남자아이들은 가방을 내팽개치고 강아지들처럼 그것들을 쫓았다. 축구에 별로 관심이 없는 남자아이들과 여자아이들은 벤치에 둘러앉았다. 잉겔라가 배낭을 내려놓으면서 말했다.

"숲에 들어가서 장작을 구해오자."

캠프파이어라면 당연히 준비된 나무를 쌓아놓고 불을 붙이는 것으로 알았는데, 그것은 착각이었다. 잉겔라와 보그단은 숲 안쪽으로 들어간 지

한참 후에야 쪼개진 장작들을 잔뜩 들고 왔다.

우리가 모닥불 피울 준비를 하는 동안 옆 반 선생님들과 우리보다 어린 아이들이 도착했다. 잉겔라는 장작을 잘 쌓아올리고 그 안쪽에 나뭇가지를 넣은 다음, 버터플라이 나이프를 꺼내 장작을 잘게 쪼개기 시작했다. 모닥불 피우는 것을 자주 해봤는지 손놀림이 능숙했다.

"오옷! 저도 할래요. 디스커버리 채널에서 서바이벌 프로젝트를 본 적이 있어요."

보그단이 촐랑대며 잉겔라에게 나이프를 건네받아 나무 쪼개기를 흉내 냈다. 한참을 낑낑대는 모습을 벌벌 떨며 바라보다가 짜증이 나서 핀잔을 주었더니 보그단이 발끈해서 고함을 질렀다.

"그 프로그램은 진짜로 일반인들을 위해……. 이이익! 숲에서 이이익! 살아남는 법을……."

내가 "그러기도 하겠다."라고 빈정댔다. 게다가 모두가 '언제까지 그러고 있을 테냐?' 라는 눈빛으로 노려보자 보그단은 풀 죽은 표정으로 잉겔라에게 장작을 넘겼다. 그러고는 구석에서 작대기로 땅을 긁으며 "혹시란 게 있잖아."라고 중얼거렸다.

보그단을 너무 몰아붙인 것 같아 미안한 마음에 위로하려고 "힘 내! 불 붙으면 소시지 구워 먹자."고 말했다. 그 말 한마디에 보그단은 원래대로 돌아와서 린다에게 "소시지! 소시지!"를 외치며 촐랑거렸다. 정말 못 말리는 촐랑이다.

몇 년 만에 해본 '유치한' 놀이

불은 쉽게 붙지 않았다. 잉겔라가 종이 없이 불을 붙이겠다고 성냥과 씨름했지만 나뭇가지는 도통 불이 붙을 기미가 보이지 않았다. 추위에 떨던 꼬맹이들까지 장작에 달라붙어 불을 붙이려 애썼다. 마침내 잉겔라가 작은 불씨를 만들어내는 데 성공하자 꼬맹이들은 신문이나 휴대용 방석을 들고 열심히 부채질을 했다.

"붙었다! 아싸!"

몇 번의 실패 끝에 불꽃이 활활 타오르자 다들 만세삼창을 불렀다. 구경만 하고 있던 나와 감제도 덩달아 만세삼창을 불렀다. 연기 때문에 눈물이 글썽글썽한 채 즐거워하는 모습들이 퍽이나 우스웠다.

산이 시내보다 더 춥다는 것을 생각하지 못한 것이 문제였다. 옷이 얇아서 뼈가 시리도록 추운 데다, 바람이 거세게 불어 온몸이 얼어 붙을 것만 같았다. 모닥불 옆에 붙어 오들오들 떨고 있었더니 모니카 선생님이 "햇빛 아래에서 축구라도 하면 좀 괜찮아질 텐데."라며 걱정스레 말했다.

몸은 따뜻해졌지만 발이 꽁꽁 얼어 한 걸음도 내딛기가 힘들었다. 결국 다시 모닥불 근처로 가서 운동화와 양말을 벗었다. 활활 타오르는 불 가까이 발을 뻗고 운동화를 따뜻하게 데우기 위해 돌 위에다 얹어놓았다. 그 모습을 보고 있던 아이들이 "배가 무척 고픈가 봐. 자기 신발을 굽고 있어!"라며 깔깔거리고 웃어댔다.

비주얼은 볼품없었지만 효과 만점이었다. 언 발이 녹자 움직이기가 훨씬 쉬워졌다. 나는 발이 다시 얼어버릴세라 미사와 레일라 선생님이 있는 곳으로 달려갔다. 어린아이들 반을 맡고 있는 두 분은 몸을 덥히기 위해 꼬맹이들과 열심히 체조를 하고 있었다. 몸이 얼까 봐 나도 그 우스꽝스러운 동작들을 따라했다. 그때 사바가 오두막 뒤에서 재미있는 놀이를 한다고 소리쳐 불렀다.

잉겔라와 함께 열 명 가까이 되는 아이들이 모두 나무 한 그루씩을 부여잡고 있었다. 여러 그루의 나무가 있는 공터 중간에 한 남자아이가 주변을 둘러보며 서 있었다. 나무에 붙어 있던 사바가 잽싸게 다른 남자아이와 자리를 바꾸자 술래가 몸을 돌려 사바를 잡았다. 그 순간 나도 모르게 탄성을 질렀다. 숫자가 좀 많은 것을 빼고는 어릴 때 한국에서 하던 놀이와 똑같았다.

서울에서 살 때 아파트 단지 안에 있는 기둥 네 개짜리 쉼터에서 비슷한 놀이를 했다. 할머니 할아버지들이 앉아 있으면 비어 있는 곳을 찾을 때까지 아파트 단지를 온통 뒤지기도 했다. 나이를 좀 먹은(!) 뒤에는 유치하다고 '얼음땡'이며 '무궁화꽃이 피었습니다'를 그만뒀지만 새삼스레 그때가 그리워졌다. 당시에는 학원을 대여섯 개씩 다니는 아이들도 별로 없었고, 피시방에서 죽치고 있을 나이도 아니어서 다들 모이기만 하면 어두워지도록 뛰어놀곤 했다. 따로 놀잇감이 없어도 몸만 있으면 할 수 있는 놀이가 무궁무진했는데……. 뿔난 엄마들이 놀이터로 우리를 찾으러 올 때마다 얼마나 아쉬웠는지 모른다.

"나도 할래!"

몇 년 만의 '유치한' 놀이는 정말 즐거웠다.

30분 정도 놀았을까? 아이들이 하나둘씩 소리를 지르며 모닥불 쪽으로 달려갔다. 감기에 걸려 코가 막힌 탓에 느끼지 못했지만 모닥불 쪽에서는 소시지 굽는 고소한 냄새가 폴폴 풍기고 있었을 것이다. 벤치에 앉은 아이들, 서 있거나 쪼그려 앉은 아이들 모두 소시지 삼매경에 빠져 있었다. 기다란 나뭇가지의 껍질을 벗기고 끝을 뾰족하게 깎은 뒤 각자 가지고 온 소시지를 꽂아 모닥불에 구웠다. 빙글빙글 돌려가며 요령 있게 구워야 노릇노릇 맛있게 익는데, 다들 떠들다가 한쪽 부분을 새까맣게 태우고는 했다.

나는 린다가 소풍 준비물을 설명할 때 엘리자베스 선생님과 수업을 하고 있어서 각자 소시지를 가져와야 하는 것인지 몰랐다. 하지만 이 세상 모두를 포용하는 천사표 린다가 나에게 소시지를 나누어주었다. 특이하게도 닭고기로 만든 소시지였다.

"그래야지 다들 먹을 수 있잖아요?"

린다는 그렇게 말하며 웃었다. 돼지고기를 먹지 않는 무슬림을 위한 배려였다.

나 역시 소시지의 한쪽을 태워버렸지만, 빵에 끼우고 케첩과 머스터드 소스를 발라 먹는 맛은 환상적이었다. 팔뚝만 한 소시지를 챙겨온 록산나

:: 어렵게 붙인 불 앞에서 소시지 굽기 삼매경

는 아이들이 굽는 것을 10분 이상 교대로 도와준 뒤에야 자기 소시지를 먹을 수 있었다.

"하이용! 얼음 깨러 가자!"

소시지가 다 떨어져서 빵만 씹고 있는 내게 보그단이 소리쳤다. 에드워드와 로베르트, 사바의 '드림팀'은 나뭇가지를 하나씩 들고 나를 기다리고 있었다. 좀전에 보그단과 티격태격해서 같이 가고 싶지 않았지만 얼어 있는 강이 보고 싶어 소시지를 굽던 나뭇가지를 들고 따라나섰다.

숲을 가로질러 나오니 멋진 경관이 펼쳐졌다. 끝이 보이지 않는 들판과 가장자리에만 물이 흐르고 꽁꽁 얼어버린 강, 맞은편에 희끄무레하게 보이는 나무와 집들……. 수전증에 걸린 것처럼 늘 흔들리게 나오는 내 사진 실력으로는 찍기가 미안할 정도로 아름다운 풍경이었다. 마치 동화나 영화 속에 나오는 풍경이랄까?

우리는 들판을 가로질러 물가로 갔다. 나와 보그단은 시시한 농담을 주고받으며 굵은 나뭇가지들을 긁어모았다. 메마른 풀로 덮여 있는 그곳에는 돌멩이 비슷한 것도 없었기 때문이다. 보그단은 강가에 있는 커다란 나무 옆에 버티고 서서 나뭇가지를 휙 던졌다. 나뭇가지는 얼음을 깨기는커녕 힘없이 미끄러지더니 얼음이 끝나는 지점에서 물속으로 빠져버렸다.

"폼이 멋지다. 보그단 왕자님."

"진짜?"

이죽거리는 내 말을 진짜로 믿는지 보그단은 순진한 표정으로 반문했다. 생긴 것과 달리 맹하기로는 올림픽 금메달감이다.

"비켜 봐, 이걸로 해보자."

거듭되는 실패에 실망하고 있는데 잠시 어딘가로 사라졌던 로베르트가 나타났다. 우리는 모두 기겁을 했다. 로베르트는 뉘 집 기둥뿌리(?)를 뽑아왔는지 거대한 나무를 짊어지고 있었다. 로베르트는 땅을 단단히 딛고 온몸을 뒤로 쭉 뺐다가 앞으로 튕겨내듯 나무를 던졌다. 에드워드가 로베르트의 목덜미를 붙잡지 않았으면 분명 얼음에 코를 박았을 것이다. 어쨌든 로베르트는 성공했다. 얼음이 아무리 두꺼워도 그런 무지막지한 공격에는 소용이 없었는지 어느 집의 기둥뿌리는 얼음 한가운데에 불쑥 솟아난 것처럼 푹 박혀버리고 말았다.

보물찾기

얼음을 건지며 한창 재미있게 놀고 있는데 린다가 불렀다. 린다는 15개의 칸이 그려져 있는 표와 연필을 하나씩 나누어주었다. 보그단과 로베르트는 그것을 들고 휑하니 사라져버렸다.

"이 근처에 15개의 퀴즈가 나뭇가지에 걸쳐져 있어요. 여러분은 그걸 찾아서 해답을 표시해 돌아오면 돼요."

우리가 고개를 갸웃거리자 린다가 웃으며 말했다.

"상품도 있으니까 열심히 하세요."

상품에 눈이 먼 우리들은 열심히 퀴즈를 찾아 다녔다. 퀴즈는 출발 지점에서 첫 번째부터 순서대로 찾으면 원래 있던 곳으로 돌아오게 되어 있었다. 힘들게 찾은 퀴즈는 무척 황당했다. 디즈니 애니메이션의 주인공 공주가 그려져 있고, 거기에는 이런 글이 쓰여 있었다.

"이 공주의 이름은 무엇일까요? 1. 오로라 2. 신데렐라 3. 에리얼."

동화와 만화에는 일가견이 있다고 자부하는 나조차 헷갈리는 퀴즈였다. 그것은 다른 아이들도 마찬가지였던 모양이다. 퀴즈판 앞에서는 여자애들 여럿이 싸워대고 있었다.

"에리얼이야!"

한 여자애가 말했다. 그러자 나와 같은 아파트에 살면서 등교 때마다 만나는 아가피는 그 공주 그림을 가리키며 당당하게 말했다.

:: 숲 속 보물찾기 퀴즈판

"에리얼은 물고기야."

물고기라니……. 아마 '인어'를 스웨덴어로 뭐라고 하는지 몰라서 그렇게 말한 것 같았다. 그 말에 우리는 모두 배를 잡고 웃었다. 결국 우리는 오로라라는 이름을 써 넣고(난 오로라가 무엇을 하는 여자인지 끝까지 알 수 없었다) 다음 퀴즈를 찾아 나섰다.

마지막 질문은 '콜라 사탕' 한 봉지에 들어 있는 사탕 개수가 15개인지 30개인지를 묻는 거였다. 그 질문을 끝으로 우리는 모닥불이 있는 곳에 돌아올 수 있었다. 우리가 마지막이었는지 잉겔라가 뒤에서 따라오며 퀴즈판을 회수했다. 우리가 답을 알려달라고 애원해도 잉겔라는 "난 몰라."

라는 말로 일관했다. 기다리고 있던 모니카에게 답지를 넘긴 우리는 완전히 녹초가 되어 주저앉았다.

다시 추위를 느낄 무렵, 린다가 다가와 조그만 봉투를 내밀었다. 빨간 리본으로 한쪽을 묶은 투명한 봉투 안에는 구디스(사탕, 캐러멜, 초콜릿 등의 주전부리)가 들어 있었다. 빨간 하트 꼬리표에는 손 글씨로 내 이름이 씌어 있었다. 이번에도 린다는 내 이름을 '호영'이라고 썼지만 그건 별로 중요하지 않았다. 그것은 밸런타인데이의 깜짝 선물이었다.

"수고했어요."

아이들의 이름을 일일이 쓰면서 포장 한 정성과 수고했다는 린다의 말이 너무 따뜻해서 눈물이 핑 돌았다. 나는 꽁꽁 언 손으로 애써 리본을 풀고 '춰어컬릿'과 '캐뤄멀'(한때 유행했던 대통령직 인수위풍 발음)을 꺼냈다. 그것들은 꽁꽁 얼었어도 눈물 나게 맛있었다.

구디스를 먹은 다음에는 모닥불에 빵을 구웠다. 소시지를 구웠던 나뭇가지에 빵 반죽을 쭉 늘여 돌돌 말고 구운 것이다. 껍질 부분이 노릇해질 만큼만 구우면 겉은 바삭하고 안은 쫄깃한 빵이 만들어졌다. 덴마크의 테마파크 레고랜드에서 이와 비슷한 방식으로 빵을 구워 먹었던 적이 있다. 그러고 보면 북유럽 사람들의 전통이 아닐까 싶다.

"다들 쓰레기를 남겨두면 안 돼요! 나뭇가지는 한쪽에 모으고 쓰레기는 봉투에 담으세요!"

선생님들이 그렇게 말하며 돌아갈 준비를 했다. 불씨를 남겨두지 않기 위해 모닥불에 물을 부었는데 거기서 나는 연기 때문에 모두들 눈이 아파 고생했다. 기념사진을 찍고 숲에서 나오는 도중 한 남자아이가 가슴이 아프다고 해서 미사가 직접 업고 걸은 것 말고는 별다른 문제없이 학교로 돌아올 수 있었다. 돌아오는 길은 힘들었지만 즐거웠다.

학생들이 직접 참여해서 불도 붙이고 음식도 만들어 먹는 일은 좋은 체험인 것 같다. 한국에서는 위험하다고 손도 대지 못하게 할 불과 칼을 직접 다루게 하는 것은 학생들이 다쳐도 상관없다는 뜻이 아니라, 학생들에게 신뢰감을 보여줌으로써 자립심을 키우기 위한 것이라고 생각한다.

숲도 마찬가지다. 도심에 이런 숲이 남아 있는 것이 신기했다. 한국 같았으면 주택가 한가운데에 있는 이런 숲 따위는 싹 밀어버리고 높은 건물을 지었을지도 모른다. 스트레스 받을 때 상쾌한 곳에 와서 뒹굴다 가면 새로운 마음으로 시작할 수 있을 텐데…….

내 또래의 한국 친구들에게는 감히 하자는 말도 꺼내지 못할 '유치한' 놀이들을 마음껏 할 수 있었던 것도 유쾌한 경험이었다. 연기를 뒤집어쓰는 바람에 온몸에서 훈제 소시지 냄새가 폴폴 풍겼지만 말이다.

너무나 **무거운,** **그러나** 너무나 **가벼운 토론**

가끔 세계를 떠들썩하게 하는 뉴스가 있을 때는 학교에서도 특별한 수업을 한다. 학교 앞 지하철역에서는 아침마다 무료 신문(메트로 신문을 만든 나라가 스웨덴이고, 스웨덴 지하철에도 한국처럼 무료 신문이 널려 있다)을 나눠주는데, 누군가 이 신문을 선생님에게 가져다주면 그것을 가지고 1시간 30분 가량 토론 수업을 하는 것이다.

이번 토론 주제는 얼마 전에 일어난 '핀란드 총기 난사 사건'이었다. 토론 수업이라고는 하지만 적극적으로 자신의 의견을 내는 아이들은 소수이고, 선생님이 나서서 대략적인 설명을 할 때가 많다. 스웨덴어에 서툰 외국 학생들이 많아서 그럴 것이다. 하지만 이번 핀란드 총기 난사 사건은 유럽에서 크게 화제가 된 사건이라 친구들도 흥미를 갖고 토론에 참여했다. 핀란드에서 온 알란은 언어 과정을 마치고 일반 학교로 전학한 뒤라 그 자리에 없었다. 토론을 진행하는 잉겔라는 오히려 다행인 눈치였다.

희생자 수, 날짜, 사람들의 반응 같은 일반적인 이야기가 오간 뒤, 핀란드의 총기 취급에 관한 이야기가 나왔다. 잉겔라의 말에 따르면 핀란드에서는 일반인이 총을 구입할 수 있다고 한다. 나는 핀란드 같이 조용하고 평화로워 보이는 나라에서 총을 살 수 있다는 것이 믿어지지 않았다.

다들 자기 나라에서의 총기 규제에 관해 한마디씩 했다. 나는 한국의 총기 규제가 매우 엄격한 것 이외에 특별히 아는 것이 없어서 잠자코 듣고만 있었다. 아니, 솔직히 얼마 전에 세계를 충격으로 몰아넣은 '조승희 사건' 이야기가 나오면 어떻게 해야 할지 난감했다. 하지만 아이들이 그 사건을 몰랐던 것인지, 아니면 나를 배려해준 것인지 알 수 없었지만 다행히 그 이야기는 나오지 않았다.

대신 미국의 콜럼바인 고등학교 사건과 비슷하다는 의견이 나왔다. 그 사건 이후 미국에서는 등교할 때 총기를 소지하지 못하도록 몸수색을 하는 학교가 많아졌다고 한다. 그러고 보니 내가 미국에서 학교를 다닐 때 부모님이 학교에 찾아온 적이 있는데 그때도 안전유리로 만든 문 밖에서 선생님을 호출하여 신분을 확인받은 뒤에야 학교 안으로 들어올 수 있었다. 총기 사건이 일어난 게 한두 번도 아닌데 왜 총기 소지나 구입을 허용하는지 알다가도 모를 일이다.

분위기는 시종일관 가볍게 흘러갔다. 다들 농담조였고 심각하게 생각하는 아이들은 별로 없는 듯했다. 심지어 에디는 “나도 그렇게 해볼까?”라고 말해서 선생님뿐만 아니라 우리 모두가 눈살을 찌푸렸다. 몇몇 남자 아이들은 낄낄대면서 에디의 현상수배 포스터를 그리는 등 이해할 수 없는 행동을 하기도 했다. 어쩌면 분쟁이 많은 나라에 살았던 아이들이 많아서 그럴지도 모른다는 생각이 들었다. 하지만 이런 사건을 진지하게 여기는 사람이 한두 명밖에 없는 것은 정말 납득하기 어려웠다.

미국을 어떻게 봐야 하나

한번은 미국에 관해 토론을 한 적이 있다. 당시 나는 스웨덴어를 잘하지 못했지만 잉겔라가 때때로 영어로 설명해주었기 때문에 내용을 이해하는 데는 어려움이 없었다. 토론 주제는 ‘미국을 어떻게 봐야 하나?’ 였는데, 실제 수업은 ‘미국이 싸움을 조장’ 하는 것을 성토하는 장이 되어버렸다.

미국이 다른 나라들을 싸움에 휘말리게 하는 내용이 나오자, 중동 출신 학생들이 많아서인지 수업의 열기는 묘하게 고조되었다. 우리 반에 미국에서 온 학생이 없는 것이 다행이라는 생각이 들 정도였다. 만약 내가 미국인이었으면 잘잘못을 떠나 분명히 화가 났을 것이다.

우리 반의 절반 정도는 꽤나 할 말이 많은 눈치였다. 특히 누군가가 “평화의 나라였지?"라고 빈정댈 때는 교실이 웃음바다가 됐다. 그 말을 시작으로 많은 의견들이 쏟아져 나왔다. "싸우려면 자기들끼리 싸우지 왜 다른 나라까지 말려들게 하느냐.", "석유가 그렇게 좋으냐.", "무기 팔아먹으려고 그러는 거지 뭐." 등등 비판적인 의견이 대세였다.

전쟁과 싸움에 관한 이야기가 나오자 다들 자기 나라에서 일어나는 또는 일어났던 이야기들을 꺼내놓았다.

"우리는 정말 많이 싸워요."

놀의 말에 내가 물었다.

"우리가 누군데?"

:: 전쟁의 기억을 갖고 있는 놀

"레바논 말이야."

놀은 특별히 심각하지도 않고 그렇다고 무심하지도 않은 덤덤한 표정으로 대답했다. 놀의 표현에 따르면 '허구한 날' 싸운다고 한다. 레바논 내전에 그다지 관심이 없던 나였지만, 도대체 얼마나 많이 싸우길래 그러는 것인지 궁금했다. 아빠한테 여쭤보니 도심의 건물이 성할 날이 없도록 싸운단다. 실제로 구글 어스(http://earth.google.com)에서 검색해보니 여기저기 폭탄 맞은 건물 사진을 어렵지 않게 찾을 수 있었다. 놀은 그런 나라에서 도저히 살 수가 없어 스웨덴으로 떠나온 것일까?

이곳은 이민자들이 많지만 누구도 그런 이야기를 꺼내지 않는다. 나는 놀이 자기 나라에 관해 특별히 설명한 적이 없어서 레바논에서 왔다는 사실 이외에는 아는 것이 없다. 하지만 집 앞에 나가면 폭탄 맞은 건물들이 쉽게 눈에 띄고, 시도 때도 없이 싸워대는 모습이 보이면 매일매일이 지옥 같아서 나라도 도망치고 싶을 것이다.

중동 지역은 아직도 곳곳이 전쟁 중이라는데, 본인의 뜻과 상관없이 전쟁에 휘말린 민간인들이 희생되지 않았으면 좋겠다. 전쟁이 나면 희생자의 대부분은 어린아이나 부녀자들이라고 한다. 놀을 포함한 중동에서 온 친구들의 가족과 친척들이 아직도 그곳에 살고 있을 텐데……. 나 같으면 걱정이 돼서 한잠도 자지 못할 것 같다. 그런데도 놀이 늘 웃으면서 지내는 것을 보면 내심 신기하다. 전쟁에 익숙해지고 무감각해져서 그럴 것이라고는 정말 생각하고 싶지 않다.

DNA 검사를 해야 한다고?

내가 사는 아파트 단지에는 이민자들이 유난히 많다. 동네를 돌아다니다 보면 이곳이 스웨덴인지 중동인지 헷갈릴 때도 있다. 흔히 '스웨덴 정부가 이민자들을 덤프(dump)하는 동네' 라고 불릴 정도다.

우리 가족이 이사 올 무렵 스톡홀름에서는 수요보다 공급이 부족한 탓에 집을 구하기가 쉽지 않았다. 호텔 장기 투숙까지 알아봤을 정도다. 그나마 집을 구한 게 다행이었지만, 부모님은 이 동네를 그리 마음에 들어하지 않는 것 같다. 미국과 마찬가지로 스웨덴 사람들 역시 이민자들이 많은 동네에 살기를 꺼려한다. 심지어 자신도 이민자면서 다른 이민자가 이웃에 사는 것을 싫어하는 경우도 있다.

방글라데시 출신이어서 우리 가족이 편의상 '방구라 아줌마' 라고 부르는 주인 아주머니도 이민자이고 독실한 이슬람교 신자다. 엄마는 방구라 아줌마 때문에 이슬람 문화와 풍습에 완전히 질려버렸다.

스웨덴에 도착한 첫날, 집 안 곳곳에는 조화와 정체를 알 수 없는 인형들이 있었다. 엄마는 그것을 보고 기절 직전이었고, 나는 벽장 안에 가득 들어찬 방구라 아줌마의 골동품에 가까운 물건들을 보고 입을 다물지 못했다. 아무것도 버리지 않는 방구라 아줌마가 우리 집 베란다에 잔뜩 쌓아둔 용도를 알 수 없는 물건들을 정리하느라 얼마나 진땀을 뺐는지 모른다. 방구라 아줌마는 새벽같이 일어나 옆집에 사는 우리에게까지 다 들릴 정도로 큰 소리로 코란을 장엄하게 읽는가 하면, 심심치 않게 우리 집에 들어와 자신의 골동품들을 찾아가는 만행(?)을 저지르기도 했다. 그래도 둥글둥글 푸짐한 풍채를 지닌 인정 많은 아줌마라는 것이 우리 가족의 평가다.

아랍어와 페르시아어

흔히 우리가 '중동' 이라 부르는 지역의 나라들은 같은 아시아 국가라고는 해도 다들 언어와 풍습이 다르다. 중동은 아랍어만 사용하는 줄 알았는데 의외로 다양한 언어가 있었다.

야사만과 시나는 페르시아어를 사용한다. 그런데 야사만은 시나와 이

:: 알 하산과 히잡을 쓴 귀여운 여동생

야기를 하다가 가끔 어리둥절한 표정을 짓곤 한다.

"난 가끔 시나가 무슨 말을 하는지 하나도 못 알아듣겠어."

어쩌면 둘 중 하나가 페르시아 방언을 써서 그럴지도 모르겠다.

스웨덴어도 방언이 있다. 최남단 지역의 말을 스톡홀름 사람들은 잘 알아듣지 못한다. 특히 '스콘스카(Skånska)'라고 부르는 스코네 지방 사람들의 사투리는 가뜩이나 강렬한 스웨덴어 발음이 한층 더 업그레이드된 굉장히 우스운 악센트를 갖고 있다.

이와 비슷한 우스갯말로 '스벵엘스카(Svengelska)'가 있다. 스웨덴어 발음이 가미된 영어를 말한다. 스웨덴어(Svenksa)와 영어(Engelska)를 합친 것으로 한국의 '콩글리시'쯤 될까? 이 발음을 교정하는 학원이 있을 정도니, 어느 나라나 외국어 발음은 문제인가 보다.

스웨덴어는 특별한 세 개의 모음(å, ä, ö)을 제외하고는 영어와 다름없는 알파벳을 사용한다. 하지만 발음은 미국이나 영국과 아주 다르다. 유명한 스웨덴 가구 회사 'Ikea'는 영어식 발음으로 '아이키아'라고 읽지만 스웨덴에서는 '이케아'라고 읽는다.

달함이나 알렉스, 그리고 대다수의 아랍계 아이들이 사용하는 아랍어는 페르시아어와 비슷한 것 같지만 알파벳도 차이 나고 발음에서 크게 차이 난다고 한다. 아랍어와 페르시아어가 똑같다는 말은 마치 중국어와 일본어가 똑같다는 말이나 마찬가지란다.

아랍계 아이들 대부분이 무슬림이지만 히잡을 쓰고 다니는 아이들은 극히 일부다. 사바와 감제 역시 무슬림이지만, 그나마 감제는 머리카락을 짧게 자른 뒤에는 머릿수건도 쓰지 않는다. 사바는 신실한 무슬림이라 코란을 읽을 줄 알고 라마단 때 금식도 한다. 이슬람교를 믿는 다른 아이들이 라마단에는 학교에 나오지 않는 덕분에 라마단 시기가 되면 교실이 조용해진다.

우리 반 아이들은 종교 때문에 거의 다투지 않지만, 자기네 종교를 모독하는 말을 들으면 참을 수 없어 하는 것 같다. 사바는 이러한 문제로 모로코에서 온 마리아와 크게 다툰 적이 있다. 들은 이야기로는 사바가 디스코텍에서 춤을 추지 않겠다고 하면서 마리아와 스페인에서 온 바네사에게도 춤을 추지 말라고 했다는 것이다. 그 일로 한참 다투다가 교실까지 와서 말싸움을 하고, 끝끝내는 서로 머리끄덩이를 쥐어뜯으면서 싸웠다. 결국 마리아가 '망할 무슬림!'이라는 말을 해버렸고 사바는 화가 폭발해서 연필깎이를 집어던지려고 했다. 싸움은 겨우 말렸지만 지금까지도 사바와 마리아는 철천지원수다. 하지만 이런 경우는 흔치 않은 일이다. 대개는 그 누구도 서로의 종교를 강요하거나 납득시키려고 하지 않는다.

한국에서 기독교 계열 고등학교를 다니던 학생이 종교를 강요당하는 것이 부당하다며 일인시위를 하다가 퇴학당했다는 기사를 본 적이 있다. 나도 매주 교회에 나가는 기독교인이지만 이런 기사를 보면 가슴이 아프다. 사람을 이롭게 하기 위한 종교가 반대로 사람을 괴롭히는 것은 정말 아이러니하다. 가톨릭 신자인 엘레인도 이슬람교나 다른 종교를 가진 아이들과 잘 어울려 다닌다. 이런 모습을 보면 종교 문제로 다투는 것은 어른들뿐이지 싶다.

스웨덴의 딜레마

스웨덴에 정착한 사람들이 고향에 있는 가족과 친지들을 초청하는 것도 모자라 사돈의 팔촌까지 불러오는 경우가 많아 말썽이 되고 있다고 한다. 며칠 전 엄마랑 스톡홀름 시내에 나갔다가 돌아오는 전철 안에서 우연히 한국인 아주머니를 만났다. 20년 넘게 스웨덴에서 살고 있는 그분은 스웨덴의 이민정책에 관해 놀라운 이야기를 해주셨다. 가족 수가 많으면 지원금이 많이 나온다는 것을 노리고 주변 사람을 마구 끌어들이는 사람들 때문에, 스웨덴 정부가 진짜 가족인지 확인하기 위해 DNA 검사를 검토하고 있다는 것이었다. 그게 사실이라면 이민자와 망명자의 천국이라는 스웨덴의 명성에 먹칠을 하게 되는 것이다.

얼마 전 뉴스에도 나왔지만, 스웨덴은 세계 각지의 재해 현장에 가장 많은 금액을 기부하는 나라다. 그만큼 인권과 인류애를 중시한다. 그렇게 많이 기부할 수 있는 것은 부자 나라여서가 아니라, 정부의 정책과 의지에 대한 국민의 확실한 지지가 있기 때문이라고 생각한다.

사실 스웨덴은 복지 때문에 나라가 흔들릴 정도다. 복지 혜택에는 이민자나 자국민이나 차별이 없다. 심지어 영주권이나 시민권이 아닌, 취업 비자를 소지한 사람에게도 같은 혜택을 주고 있다. 아이를 다섯 명 낳으면 먹고사는 데 전혀 지장이 없다는 이야기도 자주 듣는다. 모두에게 그렇게 해주려니 나라 살림이 어려워질 수도 있을 것 같다.

처음에 스웨덴 사람들은 이민자들을 반겼고 모르는 것이 있으면 친절하게 알려주는 등 여러 가지 도움을 주었다고 한다. 하지만 지금은 이민자들을 보면 떨떠름한 표정을 짓는다. 자신들이 열심히 일해서 번 돈을 세금(소득의 33퍼센트 가량)으로 내는데, 그 세금으로 다른 나라에서 온 이민자들에게 자국민과 같은 수준의 혜택을 주는 것에 화가 나기 때문이다.

아빠가 스웨덴 정부로부터 지원금을 받는 것은 아니지만, 모든 교육을 무료로 받고 있는 나 역시 이 부분에서는 자유롭지 못하다. 그래서인지 처음 DNA 검사 이야기를 들었을 때는 당황스럽고 조금 불쾌하기까지 했다. 스웨덴에서 만나는 사람들이 나를 색안경을 끼고 보겠구나라는 생각이 들었기 때문이다. 내가 스웨덴에서 살아가는 동안 눈에 보이지 않는 차별을 받을 수 있다는 막연한 걱정을 하기도 했다.

나는 미국에서 온 엘리자베스 선생님에게 이런 고민을 털어놓았다. 린다나 잉겔라도 친절하고 고민을 잘 들어주지만, 같은 외국인인 엘리자베스가 나의 고민을 더 잘 이해해주리라 생각했기 때문이다.

잠깐 설명을 하고 넘어가자면, 스웨덴 학교는 부모님을 불러 정기적으로 상담을 할 때도 학교에서 비용을 들여 통역을 불러준다. 물론 부모님이 스웨덴어에 능통할 경우에는 부르지 않아도 되지만, 통역이 있어야만 교육에 관한 깊이 있는 대화가 가능하다고 선생님이 판단할 경우에는 반드시 통역을 불러야 한다. 이처럼 부모님을 위한 통역은 물론이고, 처음 스웨덴에 오는 학생들이 기본적인 의사소통이 되지 않아 수업이 불가능한 경우, 그 학생의 모국어를 할 줄 아는 선생님을 따로 초빙한다. 나의 경우 한국인 선생님을 찾는 일이 쉽지 않았다. 대신 내가 영어로 소통이 되기 때문에 미국인 선생님인 엘리자베스가 오게 되었다.

엘리자베스는 대학에서 스웨덴 남자를 만나 결혼하고 6년을 스웨덴에서 살았다. 많은 미국인들이 그렇듯이 엘리자베스 역시 겉모습만으로는 국적을 종잡을 수 없다. 멕시코, 프랑스, 이탈리아, 억지를 쓰면 스웨덴인 처럼 보일 수도 있다.

"다른 나라에 가면 누구나 느끼는 거겠지만, 스웨덴 사람들은 유치원 때부터 함께 자라 같은 학교에 다니고 평생 같은 동네에 사는 경우가 많기 때문에 유대감이 아주 강해. '외부인'이라고 말할 수 있는 다른 사람들이 그들 사이로 비집고 들어갈 틈이 없지."

엘리자베스와 함께 읽었던 《유럽 선생님(Fröken Europa)》이라는 책에도 비슷한 내용이 있다. 그 책의 주인공들은 어릴 때부터 같이 자라고, 학교가 작아서 학년이 올라가도 계속 같은 반이다 보니 마치 가족처럼 친숙했다.

"미국에서는 아예 그런 건 신경 쓰지 않지. 왜냐하면 미국은 이미 뒤죽박죽 섞여버린 곳이라 누가 진짜 미국인인지도 알아보기 힘드니까. 그래서 난 내가 히스패닉처럼 보이는 것에 대해 전혀 고민해본 적이 없어."

나 역시 마찬가지였다. 엘리자베스의 말처럼 미국에서 살 때에는 내가 동양인이라는 것을 크게 의식하지 않았다.

"난 네가 일반 학교에 가서 스웨덴 문화를 배우는 것이 좋을 거라고 생각해. 그런 것에 하나하나 신경 쓰다 보면 머리카락만 빠질 테니까."

나는 엘리자베스의 말에 위안을 얻는 동시에 여러 가지 생각을 하게 되었다. 마지막으로 엘리자베스는 정색을 하며 말했다.

"그러니까 혹시라도 국제학교에 갈 생각은 하지 마. 여기 솔렌투나에도 국제학교가 하나 있는데, 지옥이었어."

엘리자베스는 몇 년 전 솔렌투나 국제학교에 임시 교사로 갔던 이야기를 해주었다. 말로 설명할 수 없을 정도로 악몽이었단다. 스웨덴의 보통 선생님들보다 엄한 편인 엘리자베스로서는 도저히 이해할 수 없을 만큼 선생님에 대한 존중도 없고 소란스러운 곳이었다고 한다.

스웨덴 학교에서 눈에 보이지 않는 차별을 받느니 차라리 국제학교에 갈까 고민하던 마음이 싹 사라져버렸다. 내가 여태까지 봤던 모든 교실 중에서 가장 소란스러운 우리 반을 두고 엘리자베스는 "국제학교에 비하면 여기는 천국이지……."라고 말했으니까.

:: 나와 속 깊은 얘기를 가장 많이 하는 엘리자베스 선생님

스웨덴 사람들은 겉으로는 절대 인종차별을 하지 않는다. 하지만 내가 외국인으로 살아가는 이상 이런 고민을 하지 않을 수 없을 것이다. 인종과 국가에 관련된 유쾌하지 못한 상황에 부딪힐 수도 있을 것이다.

짧은 기간이지만 스웨덴 사람들이 차갑고 무뚝뚝해 보여도 마음은 따뜻하다고 느낀 적이 많았다. 스웨덴 사람들은 내가 도움을 청했을 때 항상 흔쾌히 도와주었다. 더 많은 시간을 스웨덴에서 보내면, 만만치 않은 이곳에서도 내가 설 수 있는 자리가 하나쯤은 생기리라 믿는다.

협동수업과 3C

한국에서 잠시 다녔던 영어 학원에는 원어민 선생님이 있었다. 협동(cooperation), 경쟁(competition), 대립(conflict). 선생님은 그것을 '3C' 라고 부르면서 다수의 사람들이 같은 일을 해낼 때 선택할 수 있는 방법들이라고 설명했다. 그러고는 우리들에게 똑같은 과제를 나누어주었다. 그 과제는 각각 다른 세 가지 규칙을 적용해서 해결하도록 되어 있었다.

협동, 모든 사람들이 서로 정보를 공유하고 토론하며 문제를 해결한다. 경쟁, 자신의 문제에만 집중해서 가장 빨리 문제를 해결할 수 있도록 노력한다. 대립, 수단과 방법을 가리지 않고 다른 사람을 방해하여 문제를 해결하지 못하도록 하면서 내 문제를 해결한다. 선생님은 우리가 문제를 해결하는 데 필요한 시간을 쟀다.

첫 번째는 무난했다. 우리는 서로 알고 있는 정보를 공유하며 문제를 풀었다. 두 번째 역시 나쁘지 않았다. 모두들 자신의 답을 손으로 가리며 일등이 되기 위해 노력했다. 세 번째는 그야말로 난장판이었다. 누군가가 내 머리를 잡아당겼고, 나는 복수를 하기 위해 그 아이가 문제를 풀고 있던 종이를 찢어버렸다. 다른 아이들도 합세해 교과서를 빼앗거나 지우개를 던지며 문제 푸는 것을 방해했다. 우리는 문제를 해결하기도 전에 지쳐버렸다. 결과는 내가 예상한 대로였다. 두 번째 방법, 즉 경쟁을 택했을 때 가장 빠른 결과를 냈다.

한국에서 사는 것은 '경쟁'을 의미한다. 학교에서는 그 경쟁이 너무 심해서 가끔 대립으로 악화되기까지 한다. 일등이 우리 모두의 목표다. 한눈에 비교할 수 있는 성적표 점수를 조금이라도 높이기 위해 끙끙댄다. 주변 사람들도 경쟁을 부추긴다. "내 친구 아들(딸)은 말이야……." 한국에서 이 말을 단 한 번도 들어보지 않은 학생이 과연 몇이나 될까? 우리는 그런 것에 익숙해 있다.

미국에서 살아 본 나조차 그랬다. 비록 한국에서 초등학교도 마치지 못했지만 일등을 하기 위해서는 다른 사람들을 돕지 않고 나 혼자 열심히 해야 한다고 생각했다. 그것만으로 부족하면 때로는 교활한 방법을 써서 다른 사람이 열심히 하지 못하도록 방해하는 법도 터득해야 했다. 그러니 모두에게 익숙한 두 번째 방법으로 문제를 해결하는 데 가장 짧은 시간이 걸린 것은 너무 당연한 일이다.

이 같은 결과에 원어민 선생님은 허허 웃기만 하셨다. 그 선생님은 아마도 '협동'이 가장 좋은 결과를 낼 수 있는 방법이라는 것을 우리들에게 보여주고 싶었을 것이다.

우리 모두 똑같이 잘하자

스웨덴 학교에서는 늘 상상력과 창의력을 발휘해야 하는 과제를 내주곤 한다. 똑같은 도형 위에 자신이 원하는 대로 그림을 그리거나, 점자판에 선을 이어 여러 가지 특이한 모양을 만드는 것 등이 대표적인 경우다. 우리는 자주 모둠을 만들어서 함께 과제를 해결한다. 스웨덴어나 수학 같은 과목도 마찬가지다.

문화와 언어가 각각 다른 나라에서 오다 보니 처음에는 자주 다툼이 생겼다. 의사표현을 명확하게 할 수 없는 친구들은 답답해하며 난리를 치다가 문을 쾅 닫고 나가버리기도 했다. 스웨덴어를 그럭저럭 하는 나도 별로 다르지 않았다. 나는 세련되고 신속한 방법으로 모둠을 이끌어나가려고 했지만, 대부분의 친구들은 아예 관심이 없거나 아주 느리고 비효율적인 방법을 택했다. 결국 내가 모든 일을 단숨에 해치우면 다른 아이들이 답을 알려달라고 하는 것으로 끝이 났다. 그래도 나는 상관없었다. 그것이 내가 시도한 수많은 방법들 중에서 가장 빨랐기 때문이다.

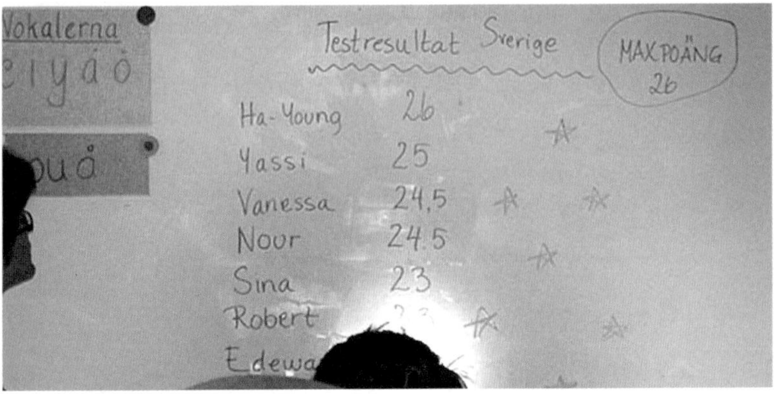

:: 보기드문 성적발표

언제였는지 정확히 기억나지는 않지만 어떤 계기를 통해 내 행동에 의문이 생겼다. 어째서 나는 모든 친구들을 내가 원하는 대로 이끌려고 했을까? 나는 경쟁을 하고 있었는지도 모른다. 내가 일등이 되어야 하고, 가장 훌륭한 학생이 되어야 하고, 모둠 활동에서도 다른 아이들보다 우위에 서고 싶었다. 모든 것에서 일등을 해야 하는 '일등 병'이 도진 것이다. 하지만 정작 다른 아이들은 나와 경쟁을 할 생각이 없었다. 나 혼자 북 치고 장구 치고 있었던 것이다.

내가 일등을 함으로써 얻어지는 것들을 포기하고 나니 일은 훨씬 쉽게 풀렸다. 아이들에게 무엇을 해야 하는지 정확하게 알리고, 스웨덴어 때문에 여의치 않다면 다른 친구를 불러와 통역을 부탁했다. 그리고 서로 의논해서 어떻게 하는 편이 좋겠다는 결론을 냈다. 내 의견을 강요하지 않으면서도 서로의 개성 있는 의견을 모아 문제를 해결하는 방법도 찾아냈다. 그 결과 우리 모두 승자가 되었다.

'우리 모두 똑같이 잘하자'는 스웨덴 학교의 교육 방침은 한국 학생이나 부모님들은 받아들이기 어려운 발상일 것이다. 다른 아이들은 일등이 될 생각이 없으니 나는 쉽게 그 자리를 차지할 수 있었을 것이다. 하지만 협동에 익숙하지 않은 내가 시도 때도 없이 그와 관련된 과제를 해결해야 했던 것은 일등을 하는 것보다 훨씬 불편하고 어려웠다.

자유로운 공부 환경에서 꿈을 펼칠 수 있는 기회를 만들기 위해 스웨덴에 온 것인데, 정작 나는 한국 방식으로 공부하고 있었다. 서로 마주 보도록 책상 배치를 한 것이 아무 의미가 없는 것이 아니었는데도 말이다. 토론이나 협동 시간이 되면 내가 해야 할 몫을 후다닥 끝내고 구석에서 책을 읽거나 단어를 외우곤 했던 공부 방식이 잘못이었음을 느끼면서 나도 조금씩 스웨덴 학교에 적응해갔다. 이제는 칠판에 시험 결과를 써 붙이는, 결코 흔하지 않은 그런 날이 오면 오히려 내가 더 당황할 지경이다.

우리 반에 온 것을 환영합니다

스웨덴에서는 부활절을 아주 중요하게 여긴다. 기독교 신자가 아니라도 달걀, 병아리, 토끼 따위의 장식을 하고 구디스를 잔뜩 먹는다. 부활절 방학은 일주일이 넘기도 한다. 린다는 부활절이 되면 우리에게 화분

:: 린다 선생님이 스웨덴어로 쓴 '환영합니다'

:: 한글로 쓴 환영합니다

에 물감을 발라 병아리 모양의 구디스 통을 만들게 하는데, 크리스마스나 밸런타인데이와 할로윈에도 특이한 과제를 내준다. 남자아이들은 귀찮다며 운동장에서 농구를 하지만 나를 비롯한 여자아이들은 그런 것을 무척 좋아한다.

이번에 린다가 가지고 온 것은 종이였다. 다 펼치면 교실 끝에서 끝까지 닿을 만큼 길어서 돌돌 말아 가지고 오는 데도 두 명이 필요했다. 우리는 책상 세 개를 이어 붙이고 그 위에 종이를 펼쳤다. 린다는 검정색 펜으로 가운데에 'VÄLKOMMEN(환영합니다)'이라고 크게 써넣었다.

"이 글자 주변에 자신의 모국어로 '환영합니다'라고 쓰고 원하는 대로 꾸며 보세요. 다들 잘 그리니까 그림도 그려 넣으면 좋겠죠?"

나는 이번 기회에 내 가치를 증명해 보이겠다는(?) 원대한 꿈을 안고 당

:: 자유 여신상과 맥도널드

:: 마지막까지 힘을 합쳐 완성한 공동 작품

장 계획을 짜기 시작했다. 도화지의 넓이를 정확히 자로 잰 다음, 똑같은 길이의 눈금을 그려 넣고 눈금에는 번호를 붙이고 콘셉트를 잡고 색감을 정하고 들어갈 언어의 개수와 크기를 결정하고……. 나는 공책에 열심히 메모했다.

그러나 나의 완벽한 계획을 발표하기 직전에 바네사와 야사만이 펜을 들고 종이에 끼적이기 시작했다. 나는 비명을 질렀다.

"하지 마! 거기는 프랑스어와 태국어를 쓰기로 했단 말이야! 그리고 처음부터 펜으로 쓰면 안 돼! 연필로 살살 밑그림을 그리고……."

펜을 들고 끼적이던 아이들의 표정이 지금도 잊히지 않는다. 마치 지구를 침공한 외계인을 쳐다보는 눈빛이었다. 결국 나의 완벽한 계획은 채 5분도 지나지 않아 폐기처분됐다. 그 대신 우리는 광활하기까지 한 도화지에 달라붙어 원하는 대로 글을 쓰고 그림을 그렸다.

나도 완전히 포기한 채 그냥 마음 가는 대로 그렸다. 한국어로 '환영합니다'라고 쓰고, 꽃술이 이상한 꽃잎 다섯 장짜리 정체불명의 무궁화를 그려 넣었다. 어릴 때 입었던 개량한복과 태극무늬도 그렸다. 그 아래에는 영어로 'welcome'이라고 쓰고, 커다란 사과(big apple, 뉴욕을 상징)와 그 옆에는 이상한 표정을 짓고 있는 자유의 여신상, 라스베이거스의 주사위와 맥도날드 세트까지 그렸다. 보그단이 보고는 폭소를 터뜨렸다. 마리아가 모로코로 돌아간 탓에 쓸 사람이 없었던 프랑스어 'Bien Vennus'와 달팽이, 와인, 치즈도 그렸다. 에펠탑은 그리다가 포기했으나 타냐가 한 시간 동안 끙끙댄 끝에 완성했다. 알란이 전학 가서 비어 있던 핀란드어 역시 내가 사전에서 찾아 썼다.

사흘가량 쉬는 시간과 협동수업 시간마다 그리고 쓰는 일을 반복했더니 꽤 그럴듯한 작품이 나왔다. 멋진 그림도 있고 간신히 형상을 알아볼 수 있는 미숙한 그림도 있었다. 그래도 다들 뿌듯한 얼굴이었다. 우여곡절 끝에 완성한 우리들의 '작품'이니 당연한 일이다.

의외였던 것은 이 작업을 하는 동안 다툼이나 언쟁이 거의 없었다는 점이다. 이렇게 너나 구분 없이 공동 작업을 하다 보면 늘 벌어지는 영역 다툼(?)도 생각 외로 적었다. 내 것 네 것 갈라놓고 하는 것이 아니다 보니 스케치는 내가 하는데 색칠은 다른 친구가 한다거나, 글자는 내가 쓰고 그림은 다른 친구가 그리는 경우도 있었다.

글도 그림도 다른 사람이 건드리는 것을 지독하게 싫어하는 나는 조금 떨떠름했지만 몇 시간 뒤에는 그림의 소유권을 따지는 것이 바보짓이라는 것을 깨달았다. 내 그림이라고 눈을 부라리지 않아도 이 작품은 나의 것이기 때문이다. 동시에 다른 친구들의 것이기도 했다. 끝까지 그림 하나하나에 깨알 같은 글자로 이름을 써 넣던 내 행동이 부끄러웠다. 우리는 마지막까지 힘을 합쳐 완성한 공동 작품을 복도 벽에 걸었다.

스웨덴에서 학교생활을 하는 동안 그렇게 뿌듯했던 적이 없었다. 수없이 모둠 활동을 했지만 이런 것이 정말 협동(cooperation)이 아닐까 하는 생각이 들었다. 서로 잘하겠다며 경쟁을 벌이거나(competition) 머리를 쥐어뜯으며 싸웠다면(conflict) 이런 작품은 절대 나오지 못했을 것이다.

모두 승자가 되는 사회

스웨덴은 인간관계와 협동, 협상, 협력을 매우 중요하게 여긴다. 그런 과제를 끊임없이 내주고, 필요하지 않을 것 같은 일에도 꼭 짝을 지어준다. 혼자 문제를 해결하는 데 익숙한 나는 오히려 적응하기가 더 힘들었다. 나 자신에게는 의사를 물어볼 필요가 없지만 누군가와 협동을 하려면 다른 사람의 의견을 구해야 하기 때문이다. 조그만 일에도 협조를 구하고 의견이 부딪힐 때는 설득을 하거나 내 주장을 굽혀야 한다.

이런 경험이 쌓여서인지 스웨덴에서는 사람들이 싸우는 모습을 좀처럼 보기 어렵다. 일등이 되기 위해 달달 외우는 영어 단어 몇 개나 수학 공식 몇 줄보다 그런 공부들이 살아가는 데 훨씬 더 가치 있을 것이다. 나는 스웨덴에 와서야 그런 사실을 깨달았다. 나 혼자 일등이 되는 것도 기분 좋지만, 모든 사람이 함께 승자가 되는 것도 무척 기쁘고 성취감이 느껴지는 일이다.

운동회와 체육 수업

소피에룬드 학교에서 처음 맞는 운동회가 다가왔다. 운동회라면 1년에 한두 번 햇빛이 쨍쨍 나는 운동장에서 이어 달리기를 하거나 굴렁쇠를 굴리는 모습을 떠올릴 테지만 스웨덴에서는 조금 다르다. 이번 운동회에는 7학년에서 9학년까지 참가했고, 하루 동안 수업은 하지 않고 스포츠만 즐겼다.

암벽 등반과 컬링, 볼링, 배드민턴, 아이스 스케이트, 동물원 산책, 프리스키스 앤드 스베티스 중 1지망과 2지망을 골라 신청서를 제출했더니 운동회 전날 결과를 알려주었다. 암벽 등반과 컬링, 볼링과 배드민턴은 인원이 정해져 있어서 담당 선생님이 무작위로 뽑았다.

나는 1지망을 암벽 등반, 2지망을 에어로빅이나 체조와 비슷한 프리스

키스 앤드 스베티스를 골랐는데, 운 좋게도 암벽 등반에 당첨되었다. 우리 반에서는 암벽 등반을 신청한 학생이 꽤 많았지만 나와 보그단, 알 하산 세 명만 뽑혔다.

암벽 등반

아무리 실내에서 하는 것이지만 처음 해보는 암벽 등반이라 가슴이 두근거렸다. 잉겔라는 운동회 날에는 학교에 올 필요가 없으며, 바로 약속된 장소로 가면 된다고 말했다. 한국의 운동회와 마찬가지로 도시락을 준비해야 했다. 나는 엄마를 졸라서 삼단 도시락에 주먹밥과 감자 샐러드를 넣은 번(bun)을 만들어달라고 했다.

운동회 날 갈아입을 옷과 신발, 도시락을 챙긴 나는 약속 장소인 솔렌투나 역 앞에 있는 편의점으로 향했다. 편의점 앞에는 이미 대부분의 학생들이 도착해 있었다. 보그단은 보였지만 알 하산은 나타나지 않았다. 나중에 알았지만 그날 알 하산을 비롯하여 우리 반의 4분의 1이 아팠다고 한다. 보그단은 짐을 바리바리 싸들고 있는 나를 보더니 "오늘은 책이 필요 없는데?"라며 빈정거렸다. 뭐라고 쏘아붙이기도 귀찮아서 모른 척 무시해버렸다.

암벽 등반 센터가 있는 솔나 역까지 기차와 버스를 번갈아 타고 갔다.

:: 아찔한 암벽 등반

:: 생각하면 아직도 어질어질하다

암벽 등반 센터에는 온갖 종류의 암벽들이 있었다. 엄청나게 높은 암벽은 보는 것만으로도 질려버릴 지경이었다.

옷을 갈아입고 암벽 등반에 적합한 신발을 빌려 신은 뒤 간단한 안전 교육을 받았다. 우리는 이상하게 생긴 벨트를 착용하고 암벽 앞에 섰다. 암벽마다 교관이 한두 명씩 서 있고 로프는 매듭으로 단단히 묶여 있는 데다 바닥은 푹신한 매트가 깔려 있지만, 불안한 마음은 어쩔 수 없었다.

나는 발을 디딜 곳과 손으로 잡을 곳이 많은 암벽을 골랐다. 처음 몇 미터는 의외로 쉽게 올라갈 수 있어서 자신감이 생겼다. 하지만 조금 더 올라가니 팔이 아프기 시작했다. 게다가 수직에 가까운 벽에 매달려 있는 것은 생각보다 훨씬 무서운 일이었다.

얼마나 남았나 싶어 위를 올려다보면 너무 멀어 보였고, 아래를 내려다보면 비명이 나올 만큼 높았다. 시력이 좋지 않은 내 눈으로는 지켜보는 아이들의 얼굴은 물론 로프를 잡고 있는 교관의 얼굴도 구분할 수 없을 정도의 높이였다.

로프가 워낙 튼튼해서 손과 발을 동시에 놓는다 해도 기껏해야 공중에 대롱대롱 매달릴 테고, 교관은 로프를 조금씩 놓아서 안전하게 바닥에 내려줄 것이다. 나보다 먼저 올라갔던 여자아이가 바로 그랬다. 그 정도로 안전하다는 것을 알고 있는데도 공포감에 다리가 덜덜 떨렸다. 반쯤 눈을 감은 상태로 천장을 짚을 수 있을 정도까지 올라간 뒤 내려가겠다는 의사 표시도 하지 못하고 손을 놓아버렸다. 예상대로 나는 공중에 대롱대롱 매달린 채로 끌어 내려졌다.

보그단이 그냥 넘어갈 리 없었다. 보그단은 완전히 기진맥진한 나를 보고 "그런 것도 못하냐?"라고 비웃었다. 그러면 보그단은 잘했을까? 촐랑이 보그단은 첫 번째 시도부터 촐랑거리며 방정을 떨어대더니 반도 올라가지 못하고 새하얗게 질린 채 버둥대다가 반강제로 끌려 내려왔다. 정말 못 말리는 보그단이다.

없던 고소공포증이 생기는 게 아닌가 싶을 정도로 무서웠지만 암벽 등반은 아주 신나는 체험이었다.

체육 수업과 김연아 선수

내가 다니는 학교는 일주일에 한 번씩 체육 수업을 한다. 수요일이 되면 체육복과 운동화를 일부러 안 갖고 와서 수업을 빼먹는 아이도 있다.

:: 아이스 스케이트장이 있는 솔렌투나 코뮌 체육관

:: 운동 시작 전에 자유롭게 몸을 푸는 시간

체육 선생님인 잉겔라는 그런 아이들을 볼 때마다 야단을 치지만, '안전상의 문제로' 체육복과 운동화 없이는 수업에 참가할 수 없다는 것을 잘 알고 있는 아이들의 잔머리를 어찌 당할 수 있을까? 그런 이유로 매주 수요일마다 두세 명의 게으른 잔머리들이 교실에 남아서 놀게 된다.

체육 수업은 학교 근처의 솔렌투나 코뮌(스웨덴의 행정구역으로 한국의 구와 비슷하다)에서 운영하는 체육관으로 가서 한다. 실내 아이스 스케이트장 두 개와 실외 아이스 스케이트장, 대형 트랙이 있는 규모가 큰 체육관이다.

스웨덴 사람들이 피겨 스케이트를 좋아하는 것은 알고 있었지만 잉겔라 선생님과 몇몇 아이들이 김연아 선수를 알고 있어서 깜짝 놀랐다. 교실에서 인터넷을 통해 김연아 선수가 스케이트 타는 모습을 함께 보았을 때는 가슴이 벅찰 정도로 뿌듯하고 자랑스러웠다. 외국에 나오면 모두 애국자가 된다더니 정말 맞는 말이다. 예테보리(스웨덴 남쪽의 대도시)에서 열리는 세계선수권대회에 김연아 선수가 오면 엄마랑 응원을 가기로 했었는데 사정이 생겨 가지 못했다. 그 대신 김연아 선수 팬클럽의 요청으로 스웨덴어 영상 번역을 해주는 것으로 만족할 수밖에 없었다.

체육 수업은 농구, 축구, 배구, 야구 같은 구기 종목을 포함하여 춤과 체조 등으로 매주 다양하게 바뀐다. 가장 인기 있는 종목은 농구다. 하지만 남자아이들이 공을 독점하기 때문에 잉겔라가 일부러 피할 때가 많다.

수업은 보통 몸을 풀고 체육관을 몇 바퀴 뛰는 것으로 시작한다. 수업 시간은 1시간에서 1시간 30분 정도인데, 잉겔라는 체육을 일주일에 두 번 할 수 있도록 바꾸면 좋겠다고 입버릇처럼 말하곤 한다.

가끔 수영과 아이스 스케이트처럼 평소와 다른 종목으로 수업을 할 때도 있다. 이번 겨울에는 체육관의 실내 스케이트장에서 수업을 했다. 눈이나 얼음이라고는 찾아볼 수 없는 더운 지방에서 온 아이들이 많기 때문에 스웨덴 아이들처럼 능숙하지는 못하지만, 겨울이 지나갈 무렵이면 대부분 넘어지지 않고 스케이트를 탈 수 있게 된다.

스케이트는 학교에서 빌려주기도 하지만 가격이 비싸지 않아 계속 타고 싶은 아이들은 개인적으로 구입하기도 한다. 헬멧을 쓰는 것은 너무나 당연해서 쓰지 않고 타다가 들키면 불호령이 떨어진다. 스웨덴에서는 청소년이 헬멧을 쓰지 않고 자전거를 타다가 적발되면 벌금을 내야 한다.

수영 수업은 실내 수영장이 많아서 여름과 겨울 구분 없이 자주 하는 편이다. 하지만 수영장은 그다지 규모가 크지 않다. 강습은 수영을 가르쳐주기보다는 물과 친해지는 방법에 초점을 맞추고 있다. 그래서 한국보다 수영 강습에 훨씬 많은 시간이 걸린다. 스웨덴에서 오래 사신 한국 아주머니는 아이들을 수영장에 보냈다가 속 터져 죽을 뻔했다고 푸념을 했다. 1년 동안 물에 뜨는 것만 가르치더라나 뭐라나. 스웨덴에서는 수영을 가르친다기보다 물에 던져놓는다고 보는 것이 정확하다.

생활 스포츠를 즐기는 스웨덴 사람들

스웨덴 사람들은 운동을 엄청나게 즐기는 편이다. 겨울이면 낮이 짧아서 그런지 해가 나오는 시즌이 되면 사람들은 공원이나 길거리로 마구 쏟아져 나와 산책과 조깅을 하거나 일광욕을 한다. 공원에서 옷을 벗고 일광욕 하는 여성들의 사진만 본 사람들은 풍기문란이라고 오해 아닌 오해를 하는 경우가 많은 것 같다. 하지만 절대 그렇지 않다.

스웨덴 정부에서도 사회체육을 활성화시키기 위해 많은 노력을 하고 있다. 학교에서 15분 정도 걸어가면 배드민턴과 테니스를 칠 수 있는 커다란 스포츠 센터가 있다. 센터 이용료는 거의 들지 않는다. 강습비도 비싸지 않아 부담 없이 등록해서 즐길 수 있다. 운동을 하고 싶을 때 별다른 준비나 경제적 부담 없이 할 수 있는 것은 정말 좋은 일이다. 내가 살고 있는 아파트의 지하층에도 주민이면 누구나 이용할 수 있는 큰 규모의 체

:: 공만 있으면 정신을 못차리게 좋아하는 친구, 세르기오

육관이 있다.

이 밖에도 많은 스포츠를 쉽게 즐길 수 있다. 코뮌에서 운영하는 스포츠 센터 외에도 헬스클럽이나 댄스 강습장이 많고, 킥복싱이나 검도 같은 무술을 가르치는 곳도 있다. 특히 승마와 골프 같은 스포츠를 누구나 쉽게 배울 수 있다는 것이 가장 부러운 일이다.

애니카 소렌스탐의 나라 스웨덴은 골프의 천국이기도 하다. 비용도 저렴할뿐더러 골프장 시설도 좋아서 한국에서 온 사람들은 틈만 나면 골프를 치러 다닌다. 하지만 스웨덴은 10월부터 밤이 길어지고 눈이 많이 와서 골프장 문을 닫는다. 골프장 문을 닫을 시기가 되면 한국에서 온 사람들은 한 번이라도 더 골프를 치려고 팀을 짜느라 분주하다. 기회가 되면 나도 골프와 함께 살사 댄스, 승마, 검도를 배워보고 싶다.

한국에서는 시간이 없었고, 미국에서는 혼자 갈 방법이 없어서 엄두를 내지 못했던 운동들을 할 수 있는 것도 스웨덴 생활의 장점이다.

눈썹 없는 호머 심슨, 모나리자를 꿈꾸다

한국 학교에서는 예체능 수업이 유쾌하지만은 않았다. 내가 다닌 학교는 미술실이나 음악실이 따로 없었고, 피아노도 각 학년에 한 대밖에 없었다. 피아노 치는 것을 좋아하고 리코더도 곧잘 연주했지만 하모니카, 멜로디언, 리듬악기처럼 몇 번 쓰고 처박아둘 것들을 계속 사야 했다. 크레파스와 물감, 붓 같은 것을 들고 다녀야 하고(스웨덴은 학교에서 모든 학용품과 준비물을 챙겨준다), 일주일에 한 번씩 수수깡이며 지점토, 색종이를 계속 사들여야 하는 것만으로도 나는 미술 수업이 부담스럽고 싫었다. 내 침대 밑에는 언제나 쓰다 남은 미술 재료들이 가득 쌓여 있었다.

선생님들은 툭하면 '과학 상상화'를 그리게 했다. 공상을 하거나 책 읽기는 좋아했지만 그것을 그림으로 옮기는 것은 결코 쉽지 않았다. 결국 나는 몇 년 동안 똑같은 그림을 색깔과 구성만 조금씩 바꿔서 그려 냈다. 그러고도 교내 과학 상상화 그리기 대회에서 상을 받았으니 참 신기한 일이다.

체육 수업 역시 즐겁지만은 않았다. 땡볕에 운동장에 나가서 하는 달리기는 거의 고문에 가까웠다. 게다가 체육이 다른 수업 중간에 끼어 있어서 모두가 땀 냄새를 풀풀 풍기며 나머지 수업을 듣는 것은 보통 괴로운 일이 아니었다.

내가 대한민국의 평범한 중학생이라면 이런 불평불만은 쏙 들어갔을 것이다. 초등학교만 졸업하면 지루하기 짝이 없는 예체능 과목이 그리워질 만큼 공부에 시달려야 했을 테니 말이다.

영어 · 수학과 똑같이 평가받는 예체능

스웨덴 학교는 성적을 평가하는 방식이 한국과 많이 다르다. 학교를 졸업하려면 스웨덴어, 영어, 수학은 반드시 기본 점수를 받아야 하지만, 그렇다고 해서 스웨덴어 점수가 미술 점수보다 더 높게 평가되는 것은 아니다. 점수도 MVG(Mycket väl godkänd, 매우 훌륭함), VG(Väl godkänd, 훌륭함), G(Godkänd, 보통 수준), IG(Icke godkänd, 부족함) 네 가지밖에 없다. 즉, 수학을 MVG를 맞건 체육을 MVG로 맞건 계산되는 점수는 똑같다. 결국 주요 과목에서 만점을 받아도 예체능 과목을 소홀히 했다가는 자신

:: 미술실 앞에 전시된 학생들의 작품. 얼핏 보기에도 예사롭지 않다

:: 미술실에 걸린 초등학교 저학년 학생의 그림

이 원하는 학교에 아슬아슬하게 들어가지 못할 수도 있다. 다른 과목 성적을 유지하기도 바쁘니 예체능은 그냥 살살 넘기면 될 것이라고 생각하면 큰 오산이다.

최근 이런 느슨한(?) 성적 시스템을 바꾸려는 조짐이 있지만, 예체능의 비중이 그리 쉽게 바뀔 것 같지는 않다. 미술실이며 음악실에 투자하는 것만 봐도 쉽게 알 수 있다.

내가 입학하고 얼마 후 잉겔라는 예체능 수업을 듣고 싶은 사람을 모집했다. 음악, 미술, 체육처럼 평범한 과목부터 요리, 목공, 재봉 등 별의별 과목이 다 있었다. 나는 얼른 미술과 음악을 신청했다. 스웨덴어로 수업하는 일반 학급의 스웨덴 아이들을 만나볼 수 있는 기회이기도 했기 때문이었다.

처음 엘레인과 미술실을 방문했을 때 나는 조금 황당했다. 상당히 넓은 교실 곳곳에 물감이며 지점토, 심지어 도자기 물레까지 구비되어 있었지만 정작 학생들은 교실이 아니라 복도 한쪽 구석에 종이를 깔아놓고 그림에 색을 입히고 있었다. 확대 출력한 명화를 옆에 두고 눈금을 그리고 있는 모습을 보며 모작을 하나 했는데 웬걸? 완성된 작품을 보니 모작이 아니라 창작이었다.

내가 창작이라고 말한 이유는 사진을 보면 쉽게 알 수 있을 것이다. 우습게도 창작 모나리자들은 눈썹 없는 미녀가 아니라 눈썹 없는 호머 심슨이 되어 있었고, 그 외에도 펑크족 모나리자나 불타오르는 모나리자 등

하나같이 일반적으로 생각할 수 없는 그림들이 미술실 주변 복도에 빼곡히 걸려 있었다. 여러 가지 모습으로 변한 모나리자를 레오나르도 다빈치가 보면 기겁하겠지만, 적어도 내가 '과학 상상화' 라고 그린 열댓 장의 똑같은 그림보다는 훨씬 더 재미있어 보였다.

미술 선생님인 세실리아는 작업 중인 학생들을 돕느라 우리에게 신경 쓸 틈이 없었다. 결국 우리는 적당한 크기로 자른 천과 연필, 패러디할 수 있는 그림이 가득 담긴 통을 앞에 두고 무엇을 해야 할지 한참을 고민했다.

엘레인은 어슴푸레한 실루엣만 보이는 야자수를 택했다. 어릴 때부터 신화, 동화, 만화, 공상과학 소설을 가리지 않고 읽어댔던 나는 많은 사진과 명화들을 뒤지다가 아주 익숙한 그림을 하나 찾아냈다. 숲 속에서 뛰어 노는 님프들을 그린 그리스 명화였다.

아름다운 님프의 머리에 닭 볏을 달아보겠다는 생각으로 그리기 시작했지만 결코 쉽지 않았다. 결국 엘레인이 그림을 완성하고 자랑스러워할 때까지 나는 님프의 발 위치를 찾지 못해 끙끙대야 했다.

그에 비하면 음악 수업은 아주 순조로웠다. 아직 스웨덴어가 완벽하지 못하기 때문에 나는 영어를 잘하는 미국 태생의 음악 선생님 샬럿과 의사소통이 자유로워서 좋았다. 특히 나이가 많은 다른 음악 선생님이 지휘자 정명훈이 프랑스 오케스트라를 지휘하고 있는 음악실의 사진을 너무 좋아한다고 말해주어서 기뻤다.

재료들이 너무 많아 머리가 다 아프던 미술실에 비해 음악실은 아주 깔

끔했다. 피아노는 물론 드럼까지 있었다. 벽에 있는 큰 창문과 하늘을 볼 수 있도록 천장에 만들어 놓은 창문도 마음에 들었다. 바로 옆방의 소음이 조금도 들리지 않게 방음 처리를 한 것은 감동적이기까지 했다. 한국에서도 피아노를 오래 쳤지만, 이처럼 방음 장치가 되어 있지 않았던 것 같다. 심지어 한 방에 세 명이 몰려 앉아 각자 다른 곡을 치기까지 했다.

내가 들은 수업은 키보드와 기타 연주법, 그리고 기본적인 코드 보는 법이었다. 나는 건반이나 현이 있는 악기라면 보는 것도 듣는 것도 연주하는 것도 좋아해서 무척 신나고 재미있었다. 연주하는 곡들도 잘 알려진 팝송이라 편안하게 연주했다. 처음으로 만져보는 기타 덕분에 엄지손가락에 물집이 생겼지만, 몇 년 만에 느껴보는 즐거운 음악 수업이라 아픈 줄도 몰랐다.

목공 수업은 이야기를 듣는 것만으로도 무척 흥미로웠다. 어떤 수업인지 보기 위해 몇 명의 남자아이들과 함께 목공실로 향했다. 목공실에 도착해 커다란 선반 위에 빼곡히 놓여 있는 나무로 만든 작품들을 보니 더더욱 호기심이 생겼다. 그 작품들을 만든 주인공으로 보이는 남학생 두 명과 선생님 한 분이 장갑을 끼고 앞치마를 두른 채 작업을 하고 있었다.

원래 견학이 약속되어 있었던 것은 우리 반 남자아이 네 명뿐이고, 나는 억지를 써 따라온 것이라 아쉽게도 목공실 안에는 들어갈 수 없었다. 그렇지만 안쪽을 흘깃 들여다보는 것만으로도 목공실 안에 자리 잡고 있는 그 모든 연장들이 대충 시간만 때우는 수준이 아니라는 것 정도는 알

:: 목공실의 많은 장비들을 보면 신기할 뿐이다

수 있었다. 망치로 못을 박고 톱질을 하면서 다치는 것쯤이야 얼마든지 견딜 수 있었다. 하지만 바이올린과 피아노를 연주해야 하는 나에게는 손가락이 생명이기 때문에 목공 수업을 받아야 할지 정말 고민스러웠다. 나를 쳐다보는 선생님의 표정으로 미루어 전기톱으로 나무를 톱질해보겠냐는 제의를 받을 수도 있을 것 같았다. 시켜만 준다면 전봇대를 칼로 베라고 해도 못할 것이 없었지만 참았다.

스웨덴에서 목공이나 기술 같은 과목을 중요하게 여기는 것이 별로 놀라운 일은 아니다. 이곳은 인건비가 입에 거품을 물고 쓰러질 만큼 비싸기 때문이다. 변기가 막히거나 하수도 파이프가 막혀 사람을 부르는 일은 상상할 수도 없다. 아파트에 사는 사람이나 개인 주택에 사는 사람이나 어지간한 집수리를 자신이 직접 해야 한다.

스웨덴의 유명한 대형마트 체인 '클라스 올손'은 그야말로 당장 집을 지을 수도 있을 만한 물건들이 다 구비되어 있는 매우 큰 상점이다. 철물점은 못과 전구, 자전거 자물쇠 등을 취급하는 조그만 가게라고만 생각했는데 이곳에서 유니폼까지 맞춰 입은 직원들을 보니 우스웠다. 게다가 철물점에 사람들이 그렇게 많은 것도 신기했다.

조그만 꼬맹이부터 머리가 하얗게 센 할아버지까지 다들 무시무시한 연장들을 바구니에 담아 돌아다니고 있었다. 퓨즈 하나 찾지 못해 헤매고 있던 나는 별세계에 온 것만 같았다. 직원들이 하나같이 바쁘게 움직이고 있어서 누구에게 물어봐야 할지 고민하고 있는데 엄마가 시큰둥한 표정으로 말씀했다.

"집도 자기가 직접 짓는 사람들인데 퓨즈 하나 모르겠냐. 아무나 잡고 물어보자."

엄마의 짐작대로 목재를 고르고 있던 두 남자는 쉽게 퓨즈를 찾아주었다.

이처럼 자기가 모든 것을 고쳐야 하는 나라에서 목공과 재봉 수업은 실질적일 수밖에 없을 것이다. 또 그런 기술을 습득한 사람들이 모여 살아서인지 옷 수선 같은 것을 해주는 가게는 좀처럼 찾을 수가 없다. 아빠는 처음 스웨덴 출장을 왔을 때, 양복 단추가 떨어져서 수선집을 찾아 스톡홀름 시내를 다 헤매고 다녔다고 한다. 스웨덴은 전등 하나부터 심지어는 변기나 욕조까지 자신이 직접 설치하고 꾸미는 집이 정말 많다.

성적에 적극 반영되는 예체능도 그렇지만 기술 같은 경우에는 참 고민스럽다. 스웨덴어로 수업하는 학교에서 미리 기술 과목을 몇 번 들었던 보그단은 돌아오자마자 투덜댔다.

"내가 무슨 수로 내 방의 움직이는 모형을 만들어?"

그 말을 듣고 당황한 것은 오히려 나였다.

나는 과학 교과서를 거의 이해하지 못해서 아예 책 전체를 통째로 외워서 시험을 치른 적이 있다. 기술이건 과학이건 그런 식으로 조금(?)만 고생하면 어떻게 될 것이라고 믿고 있었는데, 이것은 암기나 머릿속에 든 지식으로 해결할 문제가 아니었다.

내 방의 움직이는 모형이라니? 나는 초등학교 과학 시간에 건전지를 연결해서 전구에 불을 켜는 데도 몇 달이 걸린 기계치다. 공부를 많이 안 시키기 때문에 한국보다 수준(?)이 떨어진다는 스웨덴 학교를 만만하게 봐서는 안 되겠다는 생각이 요즘 부쩍 들기 시작한다.

도서관의 카스파 아저씨

집 근처 지리에 익숙해지면서 내가 가장 먼저 찾아 나선 곳은 도서관이었다. 책 읽는 것을 좋아하기도 하지만, 엘리자베스가 언어를 배우는 가장 좋은 방법은 읽기라고 조언을 했기 때문이다. 도서관이 솔렌투나 중앙역 바로 옆에 있어 찾아가기도 쉬웠고, 사서들도 친절해서 대출 카드를 만드는 데 어려움이 없었다.

무엇보다 놀라운 것은 도서관의 시설이었다. 도서관이라기보다는 분위기 좋은 카페에 온 것 같았다. 분류가 잘되어 있어 책을 쉽게 찾을 수 있었다. 아동과 청소년 도서가 한 층을 가득 채우고 있어서 더욱 마음에 들었다. 만화 서가에는 놀랍게도 한국 만화가 스웨덴어로 번역되어 있었다. 사람들이 얼마나 많이 빌려다 봤는지 책장이 모두 너덜너덜했다. 한국 만

:: 도서관에는 일본 만화를 뜻하는 '망가'가 한자리를 차지하고 있다

:: 수업이 끝나면 도서관에 들러 곳곳에 놓인 소파에 앉아 편하게 책을 읽곤 한다

:: 도서관이라기보다 분위기 좋은 카페 같은 솔렌투나 도서관 내부

:: 일본, 중국 책 모두 있는데 한국 책만 없는 것 같아 가슴이 아프다

화의 인기가 높다고 생각하니 기분이 좋았다.

내가 스웨덴어를 배운 것은 만화 덕택이라고 해도 과언이 아니다. 몇 달간은 스웨덴어로 번역된 만화를 읽거나 영어 책을 읽는 것만으로도 만족했다. 하지만 시간이 지날수록 한국 책이 그리워졌고, 그럴 때면 한국의 인터넷 서점에 있는 책들을 구경하면서 시간을 보냈다.

한국에 있을 때 동네 도서관은 지대가 너무 높은 곳에 있어 자주 가기 힘들었고, 미국에서는 운전을 하지 않고는 갈 방법이 없어서 자주 찾기 힘들었다. 하지만 스웨덴 도서관은 아파트 세탁실 가는 것만큼 편한 위치에 있어서 좋았다.

솔렌투나 도서관에도 외국어 서적 코너가 있었다. 아랍어와 페르시아어 등 중동 쪽 언어가 많았고, 중국어나 일본어 책도 구색을 갖출 만큼은 있었다. 한국어 책이 없어서 실망하고 있는데, 찾는 언어의 책이 없으면 사서에게 문의하라는 안내문이 눈에 들어왔다. 혹시나 싶어 아동 · 청소년 도서를 담당하는 사서에게 물어보았다.

"한국어 책도 볼 수 있을까요?"

사서는 의외로 시원시원하게 10권에서 15권 정도를 들여놓고 편지를 보내겠다고 했다. 간단히 전화나 문자 메시지로 연락하면 될 것을 스웨덴은 무슨 이유 때문인지 우편으로 대부분의 업무를 해결한다.

한국 책을 가져오겠다고 너무 쉽게 말해서 믿기가 어려웠는데, 얼마 뒤 책을 들여놓았으니 가져가라는 편지를 받았다. 정말 감동이었다. 스웨덴의 도서관 시설과 운영은 스웨덴이 복지국가라는 사실을 처음으로 실감했을 만큼 훌륭했다.

방과 후 놀이터

스웨덴과 한국의 도서관을 비교해보면 배울 점이 많을 것 같아 사서 한 명을 인터뷰하겠다는 야심찬 계획을 세웠다. 스웨덴은 뭐든 느린 편이라 시간이 많이 걸릴 것으로 예상했는데 기회는 의외로 빨리 왔다.

몇 가지 질문을 작성해서 카운터에 문의하니 어떤 매체에서 어떤 내용을 인터뷰하는지 물었다. 몇 가지 메모한 질문을 보여주고 한국의 인터넷 신문이라고 말하자, 2층 성인 서적 서가에서 일하는 카스파 칼레손 씨가 아주 훌륭한 사서이고 도서관에 대해 많은 것을 알고 있다면서 흔쾌히 소개해주었다.

카스파 씨는 인상이 서늘하고 날카로운 50대의 전형적인 북유럽인이었다. 내가 인터뷰를 요청하자 카스파 씨는 무척 즐거운 듯 응했다.

장소 | **솔렌투나 도서관**

인터뷰한 사람 | **카스파 칼레손**

H - **하영** | C - **카스파**

H : 스웨덴 도서관은 어떤 형태가 있나요?

C : 기본적으로 공립도서관 중에서 코뮌 도서관이 있죠. 일반적인 공립도서관이라고 생각하면 됩니다. 모두 세금으로 운영되고요. 법에 의하면 모든 코뮌은 도서관을 최소한 하나씩 운영해야 해요. 과학도서관도 있습니다. 정부가 운영하는 도서관인데, 과학과 관련한 방대한 자료와 검색을 위한 시설이에요.

H : 과학도서관은 일반 시민의 출입이 제한되어 있나요?

C : 보통은 공개되어 있어요. 하지만 보유하고 있는 장서의 종류가 달라요. 소설 종류는 거의 없는 편이죠. 대부분이 논픽션이라고 해도 과언이 아니에요. 코뮌 도서관이 보유하고 있는 논픽션보다 훨씬 더 높은 수준의 책을 구비하고 있어요. 어쨌든 우리 도서관과 다르게 뜨개질에 관한 책을 가져다놓지 않는 것은 분명해요. 그 도서관에서는 독일 출신 아무개 박사의 논문 같은 걸 흔히 찾을 수 있지만, 이곳에서는 그럴 수 없는 것처럼요. 극단적인 예를 들자면 그래요.

H: 그 외 다른 종류를 든다면요?

C: 그 두 가지가 일반적으로 찾아볼 수 있는 도서관의 종류예요. 사립도서관이 있기는 하지만, 지금 당장 이름을 대려니 생각이 나지 않네요. 어쨌든 흔하지는 않으니까요. 아, 한 가지가 더 있는 것 같아요.

H: 어떤 건가요?

C: 기업 도서관이죠.

H: 그건 어떤 종류의 도서관인가요?

C: 글쎄요, 볼보처럼 큰 회사는 자신들만의 도서관을 갖고 있는 경우도 있어요.

H: 볼보에서요?

C: 예를 들자면 그래요. 자신들만의 연구원이나 개발자들을 위한 도서관을 만드는 거죠. 기본적으로 기업의 필요에 의해 만들어진 도서관이에요. 물론 모든 기업이 다 도서관을 운영하는 건 아닙니다. 하지만 연구 · 개발 · 조사 같은 것을 필요로 하는 기업이라면 꽤나 큰 도서관을 운영하곤 해요. 일반에는 공개되지 않아요.

H: 기업이 운영하는 도서관이라면 당연히 그렇겠네요.

C: 그렇죠. 지금까지 말한 것이 스웨덴에 있는 도서관의 종류예요. 따지자면 몇 종류가 더 있기는 하죠. 병원에도 도서관이 있어요. 병원 직원들과 환자들을 위한 도서관인데, 건강관리에 관한 책을 많이 구비해뒀을 거예요.

H : 아프지 않으면 일반인들은 이용할 수 없나요?(웃음)

C : 그래요.(웃음) 그리고 학교 도서관이 있죠. 하지만 이건 좀 다른 문제인데……. 코뮌 도서관이 어느 정도의 수준을 유지하고 있는 것에 비해 학교 도서관들은 거의 방치되어 있다고 해도 과언이 아니에요(스웨덴의 교육 환경을 볼 때 조금 의외였다). 기본적으로 학교에 도서관이 있어야 하고, 어느 정도의 장서를 보유하고 있어야 한다는 법률 조항이 전혀 없거든요. 학교에도 도서관이라고 불릴 만한 곳이 많지만, 일부는 오래된 책 몇 권 가져다놓고 관리조차 하지 않아요. 학생들이 그냥 공립도서관에 가서 책을 읽기를 바라는 학교도 많아요. 아무래도 예산이 많이 드는 일이니까요.

H : 다시 법률을 개정할 예정은 없나요? 그러니까 학교에서 의무적으로 어느 정도 수준의 도서관을 운영해야 한다는 법률 말이에요.

C : 글쎄요, 거의 논의된 적이 없는 것 같네요.

H : 코뮌 도서관의 시설이 좋으니까 사실상 필요가 없다고 생각하는 것은 아닐가요?

C : 그렇다고 볼 수 있죠. 하지만 저는 학교 도서관의 필요성을 느껴요. 분명히 코뮌 도서관도 학생들의 숙제와 프로젝트, 에세이 등에 필요한 논픽션 자료들을 갖추고 있지만 분량이 충분하지 않거든요. 그런 부분에서는 개선이 필요하다고 생각합니다.

H : 공립도서관은 이용료를 지불해야 하나요?

C: 법률에 의하면 도서관이 책을 대여하면서 돈을 받는 것은 불법이에요. 여기서 재미있는 사실이 하나 있는데, 그 법이 제정된 이유가 이 솔렌투나에 있어요. 13년 전이었을까, 솔렌투나의 한 정치인이 도서관 대출 카드에 요금을 부과하려고 했었죠.

H: 성공하지 못했나 봐요?

C: 그래요. 그 정치인은 거의 패닉 상태였죠. 반발이 심했거든요. 그는 당장 그 제안을 철회해야 했어요. 사람들의 반발이 얼마나 심했는지 그 이후로 법률을 바꾸기까지 했어요. 도서관은 어떠한 경우에도 영리를 추구할 수 없다고요.

H: 저 같은 이용자에게는 다행이네요.

C: 대부분의 사람들에게 그럴 거예요. 하지만 몇 나라에서는 도서관을 이용하려면 일정 금액을 지불해야 해요. 예로 네덜란드가 있죠. 네덜란드 도서관에서는 대출 카드를 만들려면 돈을 내야 해요. 별로 높은 금액은 아니지만요. 어쨌든 스웨덴에서는 그런 일이 없어요. 엄연히 불법이라고나 할까요?

H: 이 지역에서 그런 일이 있었다니 재미있네요.

C: 그렇습니다. 아마 이곳에서 일어난 가장 인상적인 일 중의 하나가 아닐까 싶습니다. 어쨌든 다시 일어날 종류의 일은 절대 아니잖아요?

H: 다른 이야기를 물어볼게요. 스웨덴 도서관만의 장점이라면 어떤 것이 있을까요?

C : 적당히 좋고 많은 자료들을 구비하고 있는 것이 장점 중 하나가 되겠군요. 책도 신문도 잡지도 충분한 양을 소장하고 있으니까요. 아까도 말했지만 모든 코뮌에는 본 도서관이 있고, 분점들도 몇 개씩 있어요.

H : 분점이요?

C : 예.

H : 그럼 이 솔렌투나 도서관은 본 도서관인가요?

C : 맞아요. 이곳이 본 도서관이고, 분점이 두세 개 더 있지요. 규모는 조금 작은 편이에요. 어쨌든 숫자가 꽤나 많고 다들 위치가 좋으니 아주 쉽게 도서관을 이용할 수 있어요. 적어도 책을 빌리기 위해 차를 타고 몇 시간을 가야 하는 일은 없지요.

H : 접근하기가 쉽다는 거네요?

C : 그렇죠. 스웨덴보다 더 좋은 도서관을 운영하는 나라도 있어요. 덴마크라던가 영국과 미국의 일부 도서관처럼요. 그래도 저희는 자부심을 가질 만큼 충분한 자료를 갖고 있다고 생각합니다. 또 개관 시간도 괜찮은 편이고요. 오전부터 저녁까지 열고, 토요일과 일요일에도 문을 열어요. 도서관에 가는 것이 이것저것 고려해야 하는 고된 노동이 아니라는 것은 자랑할 만한 일이죠.

H : 스웨덴 도서관만의 특별한 운영 체계가 있나요?

C : 운영 체계라면 책을 분류하거나 정리하는 방식을 말하나요?

H : 예, 그런 것을 포함한 새롭고 특별한 체계요.

C : 코뮌 도서관들은 각자 체계를 가지고 있어요. 공통점이라면 하나같이 구식이라고 할까요? 뭐라고 설명해야 좋을까, 현대적인 방식은 분명 아니에요. 오늘날의 신속하고 정확한 그런 종류는 아니죠. 하지만 그런 옛날 방식을 대대적으로 바꾸려면 예산도 어마어마하게 들어갈 뿐 아니라 여러 가지 문제도 같이 따라오기 때문에 아직까지는 특별하다고 할 만한 것은 없어요.

H : 그렇다면 다른 나라의 도서관에 비해 장점이 없다는 말일 수도 있겠네요?

C : 솔직히 말하면 그렇다고 할 수도 있어요. 스웨덴은 어떤 특별한 체계를 도입하려고 애를 쓰는 것보다 기존의 체계를 완벽하게 사용하려고 노력해요. 그런 것은 스웨덴 사람들의 생활 전반에 나타납니다. 도서관은 남에게 보여주기 위한 시설이 아닙니다. 도서관에 오는 것은 어떤 첨단 시스템을 구경하려는 것보다는 책을 읽기 위해서잖아요? 우리는 도서관을 방문하는 사람들이 책을 읽을 수 있는 가장 좋은 환경을 갖추는 것에 주안점을 두고 있어요. 그리고 무엇보다 대부분의 사람들이 지금 체계로도 충분히 만족하고 있거든요. 구식이라도 잘 돌아가고 있어요.(웃음)

H : 어린이들을 위한 프로그램은 없나요?

C : 아이들을 위한 활동을 자주 해요. 가끔은 영화를 상영하고요. 지금 같은 스포츠 방학에는 아래층에서 작은 프로그램을 하고 있어요.

H: 예를 들면요?

C: 글쎄요. 몇몇 사서들이 아이들을 위한 가장 의상(코스튬) 같은 걸 가져오기도 하고, 편을 갈라 놀이 같은 것을 하기도 해요. 책을 상품으로 걸고 퀴즈 대회를 열기도 하고요. 크지 않지만 아이들이 좋아할 만한 것들을 준비하고 있어요.

H: 대출 방식은 어떤가요? 얼마나 오랫동안 책을 빌릴 수 있고 한 번에 몇 권씩 빌릴 수 있죠?

C: 대출 기간은 4주예요.

H: 한 달이면 꽤 긴 시간이군요.

C: 네. 그리고 다른 사람이 예약을 하지 않으면 빌렸던 책도 재대출할 수 있어요. 그냥 일반적인 규칙을 따르죠. 책의 권수에는 제한이 없어요.

H: 들고 갈 만큼의 무게라면요?(웃음)

C: 네. 저희는 배달을 해주지는 않거든요.(웃음) 원래는 권수 제한이 있었어요. 꽤 오래전이긴 하지만 50년 전에는 사람들이 마음껏 빌려갈 만큼 많은 책들이 구비되어 있지 않았어요. 그래서 제한을 두었죠. 하지만 세금이 워낙 높다 보니 사람들이 몇 십 권씩 빌려가도 괜찮을 만큼의 책을 가져다놓을 수 있게 되었어요. 그 이후로는 제한이 사라졌죠.

H: 아, 스웨덴은 세금이 굉장히 많지요?

C: 맞아요. 아직도 세계 기록을 유지하고 있답니다.(웃음)

H: 그래도 반납이 늦을 경우에 받는 불이익은 없나요? 예를 들어 벌금을

매기거나 대출 정지 같은 거요.

C : 딱히 불이익이랄 것은 없어요. 하지만 벌금은 분명히 있습니다. 집으로 통지서를 보내야 할 정도가 되면 30스웨덴크로나(SEK, 스웨덴의 화폐 단위) 벌금을 내야 한답니다. 많은 도서관들은 일주일마다 벌금을 지속적으로 부과하지요.

H : 벌금을 지속적으로 부과하면 어떤 경우에는 굉장한 빚이 될 것 같은데요?

C : 바로 그거예요. 책을 다섯 권 빌려가서 2~3주만 늦어도 정말 부담스러운 금액이거든요. 그렇게 불어난 벌금을 내지 않기 위해 아예 책을

:: 뜨개질 자리. 주인이 없고 심심한 사람이 와서 하다 가면 다른 사람이 이어서 한다.

반납하지 않는 경우도 심심찮게 있었어요. 그래서 솔렌투나 도서관에서는 그런 제도를 아예 없애버렸죠. 벌금을 부과하려면 일단 책을 가지고 도서관으로 와야 하니까요.

H : 미성년자도 대출 카드를 직접 만들 수 있나요?

C : 아니요. 보호자의 허락을 받아야 해요.

H : 그러면 카드를 만든 뒤에는 혼자서 대출할 수 있나요?

C : 네. 대출 카드는 보호자의 허락이 있으면 여섯 살 때부터 만들 수 있어요. 적어도 혼자 힘으로 책의 바코드를 찍을 나이는 되어야 하니까요.(웃음)

H : 도서관에 책은 몇 권 정도 있나요?

C : 확실하지는 않지만 6만 권에서 7만 권 정도 될 거예요. 이용하는 사람이 많으면 많을수록 구입하는 책의 가짓수도 늘고 시설도 좋아지겠죠. 그래서 어떤 도서관들은 다른 도서관들보다 시설이 좋을 때도 있어요. 책의 가짓수를 결정하는 또 다른 요소는 코뮌에서 일하는 공무원들이나 정치인들이에요. 그 사람들은 매년 학교나 도서관 등에 들어갈 예산을 책정해요.

H : 기부받는 책도 있나요?

C : 음……. 받기는 해요. 하지만 정말로 책장에 꽂히는 것은 거의 없다고 봐도 좋아요. 사람들이 책을 기부할 때는 책을 버려야 하는데 아깝다고 느낄 때거든요(한국 사람들과 비슷한 것 같다). 그래서인지 가치가 없는

경우가 많아요. 관리가 잘되지 않은 반세기 지난 책 같은 거요.(웃음)

H: 결국 대부분은 세금으로 구입하는 거네요?

C: 네. 도서관의 유지비는 모두 세금에서 나오지요.

H: 사람들의 이용률은 높은 편인가요?

C: 꽤나 높죠. 몇 명이 온다고 정확하게 말할 수는 없지만, 통계에 의하면 인구 가운데 50퍼센트가 늘 도서관을 방문한다고 하더군요. 특히 아이들과 학생들이 많아요. 학교 숙제를 하는 데 필요하니까요.

H: 인터넷 시대가 되면서 도서관에 직접 와서 자료를 찾는 경우가 많이 줄지 않았나요?

C: 정확한 지적이에요! 벌써 10여 년간 그런 상황이 반복됐어요. 사람들은 도서관에 와서 책을 뒤적이는 것보다 인터넷으로 검색하는 쪽을 더 좋아하거든요. 집 책상이나 침대에 앉아서 끝낼 수 있다면 뭐 하러 도서관까지 오겠어요? 숙제나 시험 공부를 해야 하는 학생들에게서 그런 경향이 두드러져요.

H: 구글만 있으면 굳이 도서관에 나올 필요가 없는 거군요.

C: 맞아요. 제게도 두 아이가 있지만 도서관에 가는 것을 귀찮아해요. 대부분의 아이들이 그렇기도 하고요. 그냥 인터넷 페이지 한두 장이면 충분한 것을 굳이 부풀릴 필요가 없다고 하더군요. 기본적인 수준의 공부에 필요한 자료는 인터넷으로도 충분하대요. 더 방대하고 자세한 자료가 필요하다면 어쩔 수 없겠지만 자발적으로 나서지는 않아요.

H: 인터넷 때문에 이용자들이 어느 정도 줄었다고 보나요?

C: 90퍼센트 정도? 10년 전에는 이곳 안내 데스크에 앉아 있으면 사람들이 '스웨덴의 18세기 역사', '식용유와 버터의 유래' 같은 내용의 책에 관해 질문하고는 했어요. 이제는 그런 일이 거의 없죠.

H: 그래도 인터넷으로 구할 수 없는 도서관만의 자료가 있지 않나요?

C: 모든 것을 인터넷으로 알 수 있다면 도서관이 존재해야 할 이유가 없겠죠.(웃음) 어쨌든 인터넷의 정보라는 것이 제한되어 있게 마련이라서, 어떤 정보들은 반드시 전문적인 책을 찾아봐야 할 때도 있어요. 그럴 경우에는 억지로라도 도서관에 와야 하죠. 제 아이들도 그렇고요. 인터넷을 검색하다가 안 되면 그제야 도서관을 찾는다고 할까요?

H: 이용자들의 분포는 어떤가요?

C: 정확한 자료가 없기 때문에 확실하게 말하기는 어렵습니다. 하지만 제가 보기에는 여성 이용자들이 더 많은 것 같아요.

H: 이용자들의 특성 같은 것은 없나요?

C: 물론 있죠! 스웨덴 남성들은 소설을 읽지 않아요. 모두가 그렇다는 건 아니지만 소설을 읽는 것은 대부분이 여성이고, 남성들은 논픽션을 좋아하더라고요.(웃음)

H: 하루에 방문하는 사람이 몇 명 정도 되나요?

C: 천 명보다 조금 작은 것 같은데요?

H: 이렇게 규모가 큰 도서관인데 생각 외로 적네요.

C : 솔렌투나의 도서관들은 다른 코뮌의 도서관들보다 덜 이용되는 것 같아요. 이유는 잘 모르겠지만요. 다른 코뮌에 있는 이 정도 크기의 도서관은 이용자가 2배 정도 많습니다.

H : 앞으로 도서관을 찾는 사람들을 위한 새로운 정책을 개발하거나 도입할 계획이 있나요?

C : 인터넷 서비스를 활성화하기 위해 노력 중이에요. 앞에서도 말했듯이 전체적인 체계는 구식이지만 이용객들이 조금 더 자유롭게 참여할 수 있도록 하려면 인터넷의 역할이 중요하다고 생각합니다. 좀더 현대적으로, 즉 대출 카드의 핀코드(비밀번호)를 활용하여 인터넷을 통한 대출 예약을 하거나 서평을 쓰는 것 등이 좋은 예죠. 이제 곧 전자도서를 대여할 수 있을지도 모릅니다. 소니 같은 기업에서는 이미 전자책을 읽을 수 있는 기기를 개발하고 있지요. 도서관에서도 종이로 된 책을 빌려주는 동시에 그런 전자책을 구비할 수 있을 것 같습니다.

H : 도서관으로서는 굉장한 변화인데요?

C : 맞아요. 하지만 사람들이 생각하는 것보다 훨씬 빨리 바뀌게 될 거예요. 사실 지금도 이미 도서관에는 무료로 이용할 수 있는 인터넷과 컴퓨터가 많이 구비되어 있답니다. 2층에는 어른들을 위한 11대의 컴퓨터가 있고, 1층에는 아이들을 위한 3대의 컴퓨터가 있지요.

H : 인터넷을 사용하는 데 특별한 규칙은 없나요?

C : 규칙이랄 건 없지만, 불건전한 동영상을 보거나 테러 계획을 짜는 것

은 곤란해요.(웃음)

H : 시청각 자료는 많이 구비되어 있나요?

C : 물론이죠! 특히 책을 처음부터 끝까지 읽어주는 사운드북 CD는 스웨덴의 도서관에서는 아주 일반적이에요. 보통은 CD나 테이프의 형태로 빌려가지만 MP3로도 다운받을 수 있어요. 아래층에 가면 주크박스 비슷한 기계에서 여러 가지를 고를 수 있죠. 그런 의미에서 이미 현대화를 향해 몇 발자국은 나아가고 있는 것일지도 몰라요.

H : 아래층에는 DVD도 있던데, 그것도 대여할 수 있나요?

C : 아, 영화 DVD의 경우에는 조금 달라요. 사실 그것은 의무적으로 운영하는 것이 아니라 자체적으로 운영하고 있거든요. 그렇기 때문에 요금을 부과하죠. 이런 부분은 정부에서도 허용하고 있어요. 어쨌든 예산을 투자하는 것만큼 수익을 올리지 못하면 더 이상 신작을 구매하고 가져다놓을 수 없을 거예요. 따로 고르는 직원이 한 명 있어요. 대부분이 작품성이 충분하고 사람들이 보고 싶어하는 것들이죠.

H : 직원 얘기가 나오니 묻는 말인데요, 도서관의 직원은 몇 명이에요?

C : 분점까지 합쳐서 30명 정도 되는 것 같아요.

H : 외국인들을 위한 책도 원하면 구해주나요?

C : 물론이에요. 많은 스웨덴인들은 영어를 잘하기 때문에 영어 책들은 기본적으로 있죠. 독일어 책들도 책장 앞에서 고민할 정도로 많이 준비해둬요.(웃음) 또 코뮌에 있는 각각의 이민자 집단에 따라 외국어 서

적의 양이 달라지죠.

H : 솔렌투나의 경우에는 어떤가요?

C : 아무래도 중동 쪽 사람들이 많아요. 그래서 외국어 서적도 터키어 · 페르시아어 · 아랍어 · 프랑스어 도서들이 많죠.

H : 그렇다면 다른 언어를 사용하는 외국인, 예를 들어 폴란드 사람이라든가 그리스 사람이 자신의 언어로 된 책을 가져다달라고 부탁할 수 있나요?

C : 예. 하지만 아무래도 선택의 폭이 좁아요. 최소한의 검증을 거친 좋은 책을 우선적으로 가져다놓아야 하는데, 그것을 결정하는 것은 도서관 사서니까요. 어떤 도서관에서는 사람들이 원하는 책은 모두 다 가져다놓는다지만, 대부분은 그 책의 비평이나 감상문 등을 살펴본 뒤에 결정합니다. 다른 도서관에서 책을 가져올 수도 있고요. 그런 경우에는 몇 달만 가져다뒀다가 다시 돌려줘야 하죠. 그 언어를 사용하는 이용자 수가 '무리'라고 불릴 정도만 되어도 더 많은 책을 가져다둘 수 있어요. 당연한 말이지만 스톡홀름의 큰 도서관에 가면 훨씬 더 많은 책을 볼 수 있을 거예요.

H : 스웨덴 학생들은 도서관을 공부에 잘 활용하는 편인가요?

C : 글쎄요.(웃음) 어쨌든 한국이나 일본 같은 일부 아시아의 나라에 비하면 아예 안 한다고 봐도 좋을 정도로 대충대충 하거든요. 별로 그런 것에 열의를 갖고 있는 학생들도 없고요. 한국 학생들에 비해 수학 실

력이 떨어지는 건 확실해요.

H: 한국이 공부를 많이 시키긴 해요.(웃음)

C: 끔찍할 정도더군요(한국의 교육 실정을 어디선가 들은 것 같았다). 스웨덴처럼 너무 안 시키는 것도 문제지만 아이들을 몰아붙이는 것도 바람직하지 않아요. 학교 선생님들이 엄하고, 공부에 들여야 하는 시간이 너무 많으면 학생들은 심한 압박을 받죠. 판에 박힌 말처럼 들릴지 모르겠지만 놀 시간도 조금은 필요해요.

H: 저도 같은 생각이에요. 아무리 공부하는 것을 좋아해도 그런 환경에서는 지칠 것 같아요.

C: 저도 한 가지 묻고 싶은 것이 있어요. 한국의 도서관은 어떤가요?

H: 제가 가본 도서관만 말하면 여기처럼 화려하진 않아요. 제가 살던 곳에 있던 도서관은 스웨덴의 코뮌 도서관이라고 볼 수 있는데요, 높은 곳에 있는 데다 성의 없는 시설에 자리도 불편했어요. 훨씬 더 좋은 시설의 도서관도 있겠지만 제가 살던 동네 근처에는 도서관이 하나밖에 없었거든요. 가보지는 않았지만 대학의 도서관들은 시설도 훌륭하고 좋은 책을 많이 보유하고 있다고 들었어요.

C: 책이 중요한 만큼 그 책을 쉽게 접할 수 있는 도서관 역시 매우 중요하다고 생각합니다. 한국의 도서관에도 많은 발전이 있었으면 좋겠네요.

H: 시간을 내주셔서 감사합니다.

C: 나 역시 좋은 인터뷰였어요.

인터뷰에서 카스파 씨가 말한 것처럼 솔렌투나 도서관은 여름을 맞아 대대적인 리모델링에 착수했다. 완성이 된 뒤에 들어가 보니 확실히 현대적으로 바뀐 느낌이었다. 특히 지정된 구역에 책을 올려놓기만 하면 등록이 되는 방식은 손으로 찍는 바코드만 보던 내겐 정말로 신선했다. 앞으로 도서관이 어떻게 발전해 나갈지 기대된다.

나의 하루

아침 7시 30분이 되면 어김없이 자명종이 울린다. 일어나기가 싫어 침대 위에서 몇 분을 더 미적거리다가 다시 잠이 들어 지각하는 경우도 있다. 그러다 보니 아침식사를 제대로 할 시간이 없다. 대충 과일 주스를 마시고 8시 10분에 집을 나선다.

가끔 야사만이나 사요라로부터 "잉겔라에게 나 늦는다고 변명 좀 해줘!"라는 문자 메시지를 받기도 한다. 잉겔라는 지각하는 학생들한테 무자비할 만큼 엄격하다. 그래서 잉겔라가 출근을 시작하는 화요일이면 문자 메시지를 평소보다 많이 받는다.

내가 살고 있는 아파트 B층에서는 리모델링 공사가 몇 달째 진행되고 있어 1층을 통해 등교를 한다. B층은 한국식으로 따지면 가장 아래층인 1

층이고, 여기서 말하는 1층은 그 위쪽의 테라스다. 학교 가는 길에는 솔렌투나 센트룸이라는 커다란 광장이 있다. 쇼핑몰과 코뮌 청사, 술집, 도서관, 호텔이 광장을 둘러싸고 있다. 스톡홀름 근처 대부분의 지역으로 운행되는 규모가 큰 버스 정류장 역시 센트룸에 위치해 있다. 그리고 그 번화한 곳을 펜델토그(서울의 국철 1호선과 비슷한 열차)가 가로지른다.

운이 나빠서 알란다 익스프레스(스톡홀름 중앙역에서 공항까지 25분에 주파하는 고속 열차)가 통과할 때 그 아래를 지나가게 되면 고막을 찢을 듯한 소음 때문에 한동안 귀가 먹먹해진다. 툰넬바나(지하철)도 그렇지만, 펜델토그는 열차가 도착하고 출발하는 시각이 규칙적으로 정해져 있다.

스톡홀름 시내로 가는 열차의 경우 평일은 15분, 휴일은 30분 간격으로 운행한다. 열차 간격이 길기 때문에 출발 3분 전 정도에는 사람들이 급하게 뛰어 올라가는 모습을 흔히 볼 수 있다. 열차를 한 번 놓치면 직장이든 학교든 지각하기 때문이다. 나 역시 휴일에 열차를 놓쳐서 곤란을 겪은 적이 몇 번 있다.

소피에룬드 학교는 높은 지대에 있다. 그래서 겨울에 눈이 얼어버린 날은 몇 번이나 미끄러지면서 올라가곤 한다. 거리는 얼마 안 되지만 언덕길을 올라가다 보면 시간이 금방 지나간다.

소피에룬드와 마주 보고 있는 사립학교(학교를 세운 사람이 정부냐 아니냐의 차이일 뿐 학비는 공립과 똑같이 무료이며 별다른 차이는 없다) 비트라의 중앙에는 차도가 있다. 횡단보도가 없기 때문에 반드시 보행자 전용 터널을 이용해서 가야 한다. 터널이 좁기도 하지만 스프레이 따위로 한 낙서 때문에 지저분한 데다 눅눅한 곰팡이 냄새까지 나서 아이들이 기피하는 장소다. 그곳을 지나면 학교 뒤의 주차장과 자전거 주차장, 100년 전에 지은 구관과 새로 지은 신관이 순서대로 보인다.

교실 풍경

도착한 시각에 따라 다르지만 보통은 구관과 신관 사이에 있는 연못을 지나 신관의 후문을 열고 교실로 들어간다. 이 연못은 일종의 '만남의 장'이라고 할 수 있다. 우리 반 남자아이들은 쉬는 시간만 되면 그곳으로 달려가 일반 교실에 등교하는 여자아이들과 시시덕대며 시간을 보낸다.

학교 곳곳에 걸려 있는 커다란 벽시계들은 하나같이 다른 시각을 가리키고 있어서 쉬는 시간이 끝나는 시점을 정확히 알기가 어렵다. 가끔은 지각생들이 그것을 핑계로 교실에 무사히 들어오기도 한다.

가장 끝부분에 위치한 우리 교실 근처까지 오면 아이들이 삼삼오오 모여 있는 모습이 눈에 들어온다. 남자아이들은 규칙 위반임을 알면서도 음악을 크게 틀어놓고 탁구를 치고, 여자아이들은 벤치에 앉아서 수다를 떤다. 선생님과 친구들은 아침 인사를 하고 교실에 들어가 외투를 벗어 걸어둔다. 겨울에는 빈자리가 없을 정도로 외투들이 가득 차는데, 그 옆에

:: 학교로 가는 터널. 촐랑이 보그단의 수다는 끝이 없다

는 눈에 젖은 외투를 말리는 커다란 건조기가 놓여 있다.

스웨덴어로 수업을 하는 7~9학년은 자물쇠를 걸 수 있는 큰 사물함을 하나씩 갖고 있지만 우리 교실에는 그런 것이 없다. 그래서 중요한 물건이 있으면 교실 안으로 가지고 들어가야 한다.

8시 30분이 되면 교실 문이 잠긴다. 잉겔라가 출근하지 않는 월요일에는 린다가 지각생들을 그냥 들여보내지만 화요일부터는 그런 행운을 바랄 수가 없다.

아이들이 지각을 했을 때 하는 변명은 어느 나라나 마찬가지인 것 같다. 자전거 통학을 하는 학생들은 자전거가 고장이 났다고 하고, 지하철이나 버스로 통학하는 학생들은 차가 늦게 왔다고 둘러댄다. 그 외에도 아침에 아팠다, 알람시계가 고장났다 등등 별별 핑계가 다 나온다. 내 변명은 대체로 오는 길에 배가 아파서 화장실을 찾아 헤맸다거나 갑자기 코피가 났다거나 가방을 집에 두고 와서 다시 돌아가야 했다는 식이다.

일단 교실에 들어가면 남자아이들이 그룹 룸에 모여 있는 것을 볼 수 있다. 두 대의 컴퓨터 근처에 몰려서 음악을 듣거나 뮤직 비디오를 보는 것이다. 린다나 잉겔라는 수업을 시작할 때 남자아이들을 거기서 떼어놓느라 꽤 고생을 해야 한다.

학교에 도착하면 선생님들이 다른 방의 탁자 주변에 앉거나 서서 이야기를 하고 있는 모습을 볼 수 있다. 중요한 사항에 대해 토의하는 시간인 것이다. 학생들이 교실에서 휴대전화를 갖고 있도록 하는 것이 좋겠느냐, 하교할 때는 비상구 통로를 이용하는 것이 바람직하겠느냐와 같은 이야기들이다.

나는 학교에 들어올 때부터 나갈 때까지 들리는 미국 가수 '피프티센트(50cent)'의 음악을 정말 싫어한다. 아이들이 그 가수의 노래를 얼마나 좋아하는지 하루 종일 똑같은 음악을 켜놓아서 귀에 딱지가 앉을 지경이다.

학교 종이 땡땡땡

화요일의 첫 수업은 새로운 소식에 관한 토론 수업이다. 우리는 몇 주 동안 베이징 올림픽과 티베트 사태, 환율 변동 같은 이야기를 나누었다. 이번 주에는 스웨덴의 유명한 과학자와 발명가들이 주제였다. 섭씨온도계를 고안한 스웨덴 천문학자 셀시우스(1701~1744)나 다이너마이트와 노벨상으로 유명한 노벨(1833~1896) 같은 위인들이 주인공이었다. 의외로 아이들은 셀시우스나 노벨에 대해 잘 알지 못했다.

내 옆에 앉은 이란에서 온 시나는 나와 버금갈 만큼 승부욕이 강하다. 잉겔라가 칠판 앞에 서서 분수와 소수, 퍼센트의 관계 등을 설명할 때면 늘 우리 둘의 손이 번쩍 올라간다. 시나는 손을 열성적으로 흔들어대고, 나는 입 모양으로 "잉겔라! 저요, 제발 좀, 저요!"를 외쳐댄다. 그러나 잉겔라는 수업에 아무런 관심이 없는 아이들을 지목한다. 내가 잘 알고 있는 문제를 다른 아이들이 먼저 알아맞히면 괜히 속이 상한다.

1교시가 끝나면 첫 번째 쉬는 시간을 맞는다. 쉬는 시간은 30분이다. 아이들은 우르르 몰려 나가지만 나는 끝까지 자리에 남아 있다. 복도가 너무 시끄러워서 교실에 있는 편이 훨씬 낫기 때문이다. 하지만 선생님들은 그런 나를 가차 없이 바깥으로 쫓아낸다. 교실 환기를 시켜야 하는 이유도 있지만 공부를 너무 많이 하면 안 된다나? 처음에는 "공부하겠다는데 왜 말려요!"라고 항의했지만 이제는 밖으로 나가서 상쾌한 공기를 마시는 것이 좋다고 생각한다. 하루 종일 앉아서 책만 들여다보고 있으면 머리가 아프다.

남자아이들은 여전히 음악을 커다랗게 틀어놓고 복도에서 탁구를 친다. 우루과이에서 온 세르기오나 볼리비아에서 온 로베르트는 밖으로 나가서 축구를 하기도 한다. 세르기오는 학교에서 상당히 많은 '팬클럽' 회원을 보유하고 있어서 열성적인 여자아이들을 피해 다니느라 고생하기도 한다. 세르기오의 누나인 바네사는 그것을 보고 "바보 동생을 쫓아다니는 바보 여자아이들"이라고 혹평을 했다.

야사만이나 타냐처럼 뛰어다니는 데는 관심도 소질도 없는 친구들은 교실 바깥에 앉아서 수다를 떤다. 대부분 바보 같은 남자아이들에 대한 험담이나 바보 같은 남자 친구들에 대한 찬양이다. 특히나 야사만이나 바네사는 남자아이들에게 인기가 많아서 늘 이야깃거리가 많다.

쉬는 시간이 거의 끝날 때쯤이면 남자아이들이 몰려와 문고리를 잡고 마구 흔들어댄다. 교실로 들어가는 문은 선생님이 열쇠로 열어주지 않는 이상 바깥에서는 열 수 없기 때문이다. 선생님들은 그런 아이들의 마음을 아는지 모르는지 아침과 똑같은 장소에서 똑같은 커피를 마시며 똑같은 이야기를 한다.

2교시에는 교실이 많이 비게 된다. 나를 비롯한 대부분의 아이들이 모국어 선생님과 일대일 수업을 하기 때문이다. 보통 일주일에 두 번씩 선생님이 찾아오지만, 루마니아에서 온 록산나처럼 아예 선생님이 학교에

:: 기나긴 쉬는 시간 동안 우리는 교내 탁구장에서 놀기도 하고 수다를 떨기도 한다

있는 경우라면 일주일 내내 도움을 받을 수 있다.

가능한 한 모든 아이들에게 모국어 선생님으로부터 도움을 받도록 하는 것이 학교 방침이지만, 한국어나 암하라어처럼 흔하지 않은 언어의 경우에는 선생님을 찾기가 하늘의 별따기다.

엘리자베스는 캘리포니아의 산타바버라에서 스스로 돈을 벌어 대학에 다녔다. 전공은 스페인어였다. 대학에서 만난 스웨덴 남자 피터와 결혼한 뒤 스웨덴으로 오게 되었지만, 스웨덴에 눌러살 생각이 조금도 없었다고 한다. 지금은 영어를 맡고 있으며, 곧 스웨덴 학교에서 스웨덴어로 수업을 할 것이다. 엘리자베스에게는 아들 하나 딸 하나가 있는데, 우리 수업의 대부분이 엘리자베스의 가족에 관한 이야기다. 얼마나 많은 이야기를 들었는지 이제는 엘리자베스의 사돈의 팔촌 이름까지 줄줄 나열할 수 있을 지경이다. 엘리자베스는 이야기를 무척 재미있게 해서 나는 늘 월요일과 화요일이 기다려진다. 여러 분야의 취향이나 좋아하는 것, 심지어 의료보험에 대한 의견마저 나와 비슷해서 가장 말이 잘 통하는 선생님 가운데 한 분이다. 요즘은 화학의 기본 과정을 엘리자베스와 함께 공부하고 있다.

정규 과정의 수업이 시작되면 스웨덴어를 제외한 모든 과목을 스웨덴 아이들과 비슷한 수준으로 유지해야 하는데, 외국인인 나에게는 상당히 힘든 일일 것 같다. 스웨덴어의 경우 '제2외국어로서의 스웨덴어'라는 외국인을 위한 과목이 따로 있다. 화학은 일상생활의 예를 들어가며 설명해주어서 상대적으로 이해하기 쉬운 편이다. 정해진 답이 없는 '왜?' 같은 문제는 여전히 까다롭지만 차츰 괜찮아질 것이라고 믿고 있다.

스웨덴의 수학 교과서는 숫자보다 글자로 채워져 있을 만큼 서술형과 에세이를 중요하게 여긴다. 이런 문제는 늘 엘리자베스와 짚고 넘어가야 한다. 1+1이 2인 이유를 서술형으로 설명하라고 하면 막막해지기 때문이다. 한 시간의 수업이 끝나면 엘리자베스는 급하게 다음 수업을 위해 움직인다.

나는 점심시간이 될 때까지 남은 30분 동안 책을 읽으면서 시간을 보내지만 조용히 독서할 수 있는 시간은 여전히 부족하다. 내가 읽는 책들은 하나같이 들고 다니기엔 무겁고, 사전 역시 학교에 비치된 것이 더 좋기 때문에 가급적 학교에서 책을 많이 읽으려고 노력한다. 나는 요즘 《해리 포터와 불의 잔》의 스웨덴어판과 《얼음과 불의 노래》 1권 영어판을 읽고 있다.

점심시간이 되면 마치 썰물이 빠져나가듯 교실이 텅 빈다. 점심시간은 한 시간이다. 그 시간에는 교실 안으로 들어올 수 없기 때문에 미리 책을 꺼내서 바깥 사물함에 넣어두고 나온다. 어느 나라의 학교나 그렇듯이 가끔 물건을 도둑맞는 아이들이 있어서 조심하는 것이다.

카페테리아라고 부르는 학교 식당은 학교 규모에 비해 비교적 작다. 탁자와 탁자 사이의 간격이 매우 좁지만 뷔페처럼 자신이 원하는 음식을 마음껏 담아 먹을 수 있어 행복하다(맛있게 보이는 것과 달리 급식의 맛을 기대해서는 곤란하다). 기본적인 샐러드와 그날의 메인 요리, 그리고 아침식사 대용으로 먹는 비스킷과 생선, 쌀밥도 자주 나오는 편이다. 무슬림은 돼지고기를 먹지 않지만 그로 인해 곤란을 겪는 경우는 없다. 학교에서 무슬림을 위한 식사를 따로 마련해주기 때문이다.

나는 늘 린다와 맞은편에 앉는다. 아이들은 린다와 함께 앉지 못해 안달인데, 나 역시 마찬가지다. 린다는 우리의 사소하고 쓸데없는 이야기를 세상에서 가장 중요한 일이라도 되는 듯 들어준다. 친구나 부모님에게 말하지 못하는 고민을 린다에게는 털어놓고 조언을 구하는 일도 종종 있다.

월요일 점심시간에 린다는 으레 주말에 무엇을 했냐는 질문을 한다. 내 옆에 앉는 야사만이나 사요라는 매주 다른 대답을 하지만 나는 언제나 "평소대로"라고 대답한다.

오늘은 태국에서 온 믹이 나한테 화가 잔뜩 나 있었다. 말이 통하지 않아서 왜 그러냐고 물어볼 수도 없고, 태국어로 질러대는 소리를 듣고 있자니 굉장히 고역이었다. 믹의 모국어 선생님이 오지 않는 날이라 더더욱 그렇다. 믹과 사이가 좋지 않은 감제나 사바는 그럴 때마다 맞서 소리를 지른다. 특히 감제는 믹과 싸우고 몇 번이나 운 적이 있다. 남자아이들과 여자아이들의 사이가 나쁜 것은 늘 있는 일이다. 가끔은 큰 싸움으로 번지기도 한다. 선생님한테 이르겠다는 사바를 말리고 나니 벌써 쉬는 시간이 끝나 있었다.

스웨덴어를 배우기 시작한 지 얼마 안 된 아이들은 잉겔라와 함께 발음을 배우러 다른 교실로 가고, 나머지는 린다와 뉴스에 대해 토론하기 위해 교실에 남았다. 오늘의 뉴스는 신문에서도 몇 번 읽은 적 있는 간호사 파업에 대한 것이었다. 내가 린다에게 선생님들은 파업을 하지 않느냐는 질문을 던지자 린다는 아주 진지한 표정으로 설명했다.

"물론 우리는 거의 없다고 봐도 좋을 정도로 적은 월급을 받지만 간호사들처럼 파업을 할 수는 없어요. 간호사들이 파업을 하면 다른 사람들이 그 자리를 채워주지만, 우리가 학교에 나오지 않으면 여러분도 집에 있어야 하잖아요? 그럴 수는 없으니까 불만이 있어도 그냥 있는 거예요."

린다 선생님의 수업 시간 :: :: 잉겔라 선생님에게 핸드폰을 압수당하는 야사만

둘 다 우리 반 친구랍니다 :: :: 필요하지 않을 것 같은 일에도 짝을 지어 수업한다

:: 익숙하지 않은 내게 협동은 일등을 하는 것보다 훨씬 불편하고 어려운 일이었다 ::

고마워해야 할지, 참지 말고 권리를 찾으라고 말씀드려야 할지 묘한 기분이었다. 스웨덴에서 교사와 의사는 직업에 대한 애정이 없으면 계속 일하기 어려울 만큼 대가가 적다.

린다는 지난주에 날씨 때문에 취소된 스톡홀름 시내 견학을 이번 주 목요일에 다시 하겠다고 말했다. 나는 스웨덴의 역사와 지리에 특별한 관심을 가지고 있어서 기대된다. 특히 귀족들의 잘린 목이 굴러 다녔다는 '스톡홀름의 피바다' 감라스탄(Gamla stan, 스톡홀름의 유명한 관광지이며 인근에 왕궁과 국회의사당, 노벨 박물관 등이 모여 있다)은 제대로 보고 싶었던 곳이다. 몇 번 봤지만 이런 역사적 사실을 알고 구경한 것은 아니었기 때문이다. 4월이 되면 스톡홀름 시내는 활기가 넘치고 외국인 관광객들로 붐빈다. 각양각색의 외국인들을 볼 수 있는 것도 시내 견학을 나가는 즐거움 중의 하나다.

하굣길

수업이 끝나면 버스를 타는 아이들은 버스 정류장으로, 지하철을 타는 아이들은 솔렌투나 센트룸까지 걸어간다.

집으로 가기 전에 늘 들르는 하굣길의 도서관에서는 우리 반 아이들을 많이 볼 수 있다. 방과 후 학원이나 과외 같은 것이 없기 때문에 도서관에서 책을 읽거나 축구장에서 축구를 하는 것이 보통이기 때문이다. 여자아이들은 서로 시간을 맞춰서 쇼핑을 가기도 한다.

이제는 8시 30분에 등교해서 1시 30분에 하교하는 것이 일상이 되어버렸다. 한국처럼 학교가 끝난 뒤에도 이 학원 저 학원으로 달리는 생활은 상상할 수도 없다. 요즘에는 너무 바쁘게 사는 것보다 조금은 여유를 가지고 사는 것이 훨씬 좋다는 생각이 들 때가 많다.

쾌적한 도서관이나 햇볕이 좋은 공원 잔디밭에서 한가롭게 책을 읽는 것이 얼마나 행복한 일인지 한국 친구들도 잠시 공부와 컴퓨터 게임을 잊고 경험해보라고 꼭 권하고 싶다.

2

에즈베리 학교 이야기

새로운 학교, 에즈베리

에즈베리 공립학교(Edsbergs Skolan)로의 전학은 갑작스럽게 이루어졌다. 전학 서류를 접수한 뒤 가슴을 졸이며 몇 달을 기다렸던 절차가 단 하루 만에 끝나버려 싱거운 느낌마저 들었다. 전학 수속 담당인 잉겔라와 나는 체육 수업을 일찍 마치고 에즈베리로 향했다.

한국은 초·중·고등학교로 나누어져 있지만 스웨덴은 F학년(유아반)부터 9학년까지 한꺼번에 모여 있는 경우가 많다. 1학년에서 9학년까지를 그룬드스콜라(Grundskola)라고 하는데 모든 청소년들은 의무적으로 이 과정을 이수해야 한다. 내가 다녔던 소피에룬드도 F학년부터 9학년까지 모두 있는 학교였다. 하지만 에즈베리는 한국의 중학교처럼 7학년에서 9학년까지만 있고, 학생 수가 적은데도 규모는 훨씬 크고 건물도 많았다.

작별 그리고 새로운 시작

교무실에서 몇 명의 선생님들과 함께 간단한 상담을 받는 것으로 에즈베리의 생활은 시작되었다. 내가 들어가게 될 7학년 B반의 담임 선생님인 이다와 마르가레타는 영어를 비롯한 외국어 과정에 대해 설명해주고, 앞으로도 엘리자베스에게 일주일에 한 번씩 도움을 받고 싶은지 물었다. 나로서는 엘리자베스가 올 수만 있다면 언제든지 환영이었다. 아무리 훌륭한 사전이 있어도 도저히 해석할 수 없는 문장이 있게 마련이고, 그럴 때마다 엘리자베스의 도움이 절실했기 때문이다.

마르가레타가 잉겔라와 이야기를 하는 사이, 이다가 시간표와 선생님들에 대해서 간단하게 설명해주었다. 이다는 싱글거리는 표정으로 7B반에 나를 기다리는 여자아이가 있다고 말했다. 그 여자아이는 중국어와 일본어를 조금 할 줄 알고, 아시아 문화에 관심이 많아 아시아 출신인 나를 기다렸다는 것이다. 내가 공부할 반에는 남자아이는 15명인데 여자아이는 겨우 8명뿐이어서 모두가 여자 전학생을 반길 것이라는 말에 막연한 불안함이 조금 가셨다.

스웨덴어 과목은 일반 스웨덴어와 제2외국어로서의 스웨덴어로 나누어져 있지만 수업 시간은 같다. 나는 부족한 스웨덴어를 보충하기 위해 'B언어' 과목도 스웨덴어를 선택했다. B언어는 한국으로 치면 제2외국어인데, 독일어 · 프랑스어 · 스페인어 외에도 영어나 스웨덴어를 추가로

들을 수 있다. 외국에서 온 학생들을 위해서 따로 수업을 준비해주는 것은 고마운 일이다. 성적 역시 똑같이 매겨지니 공평하고 괜찮은 제도라는 생각이 들었다.

선생님들은 당장 내일부터 수업을 시작하자고 했다. 하지만 친구들에게 인사를 할 시간도 필요하고, 휴일에 에스토니아의 수도 탈린으로 여행을 떠나기 때문에 다음 주로 미룰 수밖에 없었다.

소피에룬드 학교의 친구들은 나를 따뜻하게 격려해주었다. 가을 학기부터 에즈베리 학교로 전학오게 될 야사만과 바네사, 그리고 시나는 나와 같은 반이 되었으면 좋겠다고 말했다. 우리는 바깥으로 나가서 아이스크림과 케이크를 먹었다. 학교를 떠나는 친구가 있으면 이렇게 조촐한 파티를 열어 환송해준다. 모든 것이 결정되기 전에는 소피에룬드 학교를 떠나고 싶은 생각뿐이었는데, 막상 마지막 수업을 끝내고 나니 눈물이 날 것 같았다.

특별한 새 친구 일바

에즈베리에서의 첫 수업은 음악이었다. 나는 교무실 앞에서 기다리다가 이다가 아닌 다른 선생님에게 안내를 받아서 음악실로 갔다. 문을 열고 들어가기 전에는 별별 생각이 다 들었다. 웃어야 할까, 아니면 평범하게 손을 흔들어야 할까? 말을 걸면 잘 알아들을까? 음악실에는 열 명 정도의 학생들이 각자 컴퓨터 앞에 앉아 있었다. 음악실에 악기 대신 웬 컴퓨터인가 의아했는데 잘 살펴보니 컴퓨터 앞에 작은 키보드(음악 수업용)가 하나씩 놓여 있었다.

내가 교실에 들어서자 아이들의 시선이 집중되었다. 음악 선생님은 나와 악수를 하고 가장 뒷줄에 혼자 앉아 있는 여자아이 옆에 가서 앉으라고 했다. 자기소개를 시키지 않아 다행이라고 생각하는데, 그 여자아이가 웃으며 손짓을 했다. 교실에 오기 전 이다가 이름을 기억해두는 것이 좋겠다며 준 단체 사진에서 본 아이였다. 내가 오기를 기다리고 있었다는 일바는 금발에 빼빼 마른 스웨덴 소녀였다. 일바는 내가 다가가자 당황스러울 만큼 생글거리며 말했다.

"원래어제왔어야하는데오지않아많이기다렸어."

나는 말을 알아듣지 못해서 잠시 머뭇거렸다. 발음이 불분명한 데다 말은 가차 없이 줄여져 있었고, 속도는 무지하게 빨랐다. 결국 대답할 타이밍을 놓치고 어색하게 웃으며 자리에 앉을 수밖에 없었다.

일바의 컴퓨터 바탕 화면에는 남자아이 두 명이 마주 보고 있는 그림이 깔려 있었다. 한국에서도 방영되어 인기를 끌었던 일본 애니메이션의 주인공들이었다. 나는 어색한 분위기를 깨고 싶어 말했다.

"나루토네? 나루토 좋아해?"

일바는 내가 그 애니메이션을 알고 있는 것이 놀랍다는 듯 고개를 열성적으로 끄덕였다. 그러고는 그 애니메이션에 나오는 것처럼 손을 모으는 동작을 취해 보이고는 깔깔거리며 웃었다. 조금 특이한 애였다.

음악 수업은 내가 예상했던 것과는 전혀 달랐다. 선생님은 다장조의 계이름 보는 법과 박자에 맞추어 키보드 치는 법을 가르쳐주었다. 일바가 건반을 치는 대신 컴퓨터에 디스켓을 하나 넣고 저장되어 있는 파일을 불러오자 여러 가지 악기의 이름과 각각 다른 색의 막대가 나타났다. 일바가 키보드를 몇 번 만지작거리자 화면에 음표들이 뜨기 시작했다. 나는 어안이 벙벙한 채로 일바가 가르쳐주는 대로 키보드를 쳤다.

한참을 연주하고 난 뒤 선생님은 디스켓을 모두 거둬 교실 앞에 있는

:: 단짝 친구 일바와 도서관에서 발표 자료를 모으는 중이다.

컴퓨터에 하나씩 넣고 녹음한 음악을 들려주었다. 간단하게 베이스와 드럼만으로 연주한 아이들도 있었고, 여러 가지 악기를 사용해서 화려하게 연주한 아이들도 있었다. 이런 음악 수업은 처음이라 다시 한 번 해보고 싶었는데 수업이 곧 끝났다.

일바는 나를 데리고 7B반의 지정 교실로 가면서 열쇠가 달린 복도의 사물함을 열고 필통을 꺼냈다. 어수선한 사물함 안에는 용이나 만화 캐릭터 같은 그림들이 잔뜩 붙어 있었고, 용 그림 옆에는 어떻게 알았는지 내 이름이 씌어 있었다. 일바는 부끄러운 듯 사물함을 닫았지만 나는 그것을 도로 열고 말했다.

"일바, 내 이름은 하영(Ha-Young)이지 하용(Ha-Yong)이 아니야. 그건 진짜 '용(en drake)'이라구."

일바는 알아듣는지 못 알아듣는지 묘한 표정을 지었다.

에즈베리에서의 첫 영어 수업은 시작부터 정신이 없었다. 교실에 들어가자마자 시험이 시작되었기 때문이다. 나는 이번 시험은 치르고 싶지 않았다. 선생님은 내 기분을 아는지 상냥하게 웃으며 말했다.

"괜찮으니까 한 번 보기만 해봐. 새로 왔으니까……."

영어 시험이라면 그 누구에게도 양보할 마음이 전혀 없었던 터라, 결국 다른 아이들과 똑같이 시험을 치르기로 결정했다. 듣기 시험은 난이도가 높은 편은 아니었지만 영국식 발음이라 알아듣기가 쉽지 않았다. 영국 영화를 볼 때는 자막을 틀어놓아야 할 정도로 발음에 익숙하지 않았기에 당연히 시험을 엉망으로 볼 수밖에 없었다. 첫날부터 만족스럽지 못한 시험 결과가 나와 정말 속이 많이 상했다.

대화를 읽고 질문에 답하는 형식의 독해 시험은 반드시 답을 스웨덴어로 해야 했다. 결국 양해를 구하고 영어로 답을 쓸 수밖에 없었다. 나는 '크리스마스에 칠면조 샌드위치를 먹다가 목에 걸려 죽은 불쌍한 삼촌'을 스웨덴어로 어떻게 표현해야 할지 정말 알 수가 없었다.

시험을 먼저 끝낸 아이들은 밖으로 나가버렸지만, 일바는 교실 밖에서 내가 시험을 마칠 때까지 기다리고 있었다.

"점심 먹으러 가자."

식당까지 가려면 몇 개의 문을 지나고 수십 개의 계단을 올라가야 했다. 지긋지긋하게 넓은 학교였다. 일바와 내가 식당에 도착했을 때는 이미 빈자리가 거의 없었다.

"나 저 애들 알아. 같이 앉자고 하자."

일바는 여자아이들이 모여서 점심을 먹고 있는 곳으로 나를 이끌었다. 어색한 침묵이 흘렀다. 무언가 말을 해야겠다고 생각했지만 일바의 가공할 정도로 빠른 말투 때문에 망설여졌다. 알아듣지 못해서 다시 되묻기가 몹시 창피했기 때문이다.

내가 접시에 놓인 베이컨과 당근만 깨작이는 사이 아이들은 수다를 떨기 시작했다. 소피에룬드 학교의 여자아이들이 늘 하는 수다와 별로 다를 게 없는 내용이었다. 여자아이들의 모임이란 어느 나라에 가도 똑같다는 생각에 웃음이 나왔다.

"동물 좋아해?"

일바는 동물이라면 좋아서 죽고 못 사는 스웨덴 사람이 아니랄까 봐 물었다.

"응. 큰 개와 말……. 키우지는 못하지만."

"나는 토끼 세 마리와 금붕어 몇 마리를 키우고 있어."

일바의 사물함 안에 붙어 있던 금붕어 사진이 떠올랐다. 일바는 그 이후로도 끊임없이 만화와 그림, 옷에 대한 이야기를 늘어놓았다. 나는 그 빠른 말투를 전혀 따라잡지 못했지만 일바가 내게 대답을 요구하지 않았기 때문에 잠자코 듣기만 했다. 점심시간은 지겹도록 길었다. 평소 같으면 가지고 온 책을 읽었겠지만 일바가 있으니 그럴 수도 없었다.

학교 안내를 해주겠다며 도서관과 과학실 등지로 나를 끌고 다니던 일바가 마지막으로 안내한 곳은 센트룸이었다. 스웨덴은 동네와 동네의 간격이 넓어서 각 지역마다 '센트룸'이라고 불리는 곳을 만들어 버스 정류장과 상가들을 집중시켜 놓았다. 동네의 중심가인 셈이다. 도서관과 은행 도 센트룸에 모여 있는 경우가 많다. 알란이 소피에룬드 학교 바로 앞에 센트룸이 있어서 모두를 비만의 길로 이끈다고 투덜거리던 것이 떠올랐다(에즈베리 학교에서 알란은 이미 선생님과 아이들 사이에서 전설이 되어 있었다).

에즈베리 센트룸은 솔렌투나 센트룸보다 작지만 더 아기자기했다. 우리는 그곳을 잠깐 둘러본 뒤 아파트 놀이터에서 그네를 탔다. 일바는 중국식 그네를 마음에 들어 했지만 나는 그것이 도대체 어떻게 생긴 것인지 알 수가 없었다.

"있잖아, 하용."

"하영."

"미안, 하용. 한국에서는 교복을 입어?"

"응, 학교마다 다 달라."

"부럽다. 나도 교복 입고 싶은데."

"별로 안 예뻐. 비싸기만 하고."

일바는 내가 한국의 교복을 보여주기를 바라는 듯했다. 하지만 나 역시 교복을 입어본 적이 없다. 한국을 떠나기 전에 한 벌 사올까 생각도 했었지만 가격이 너무 비싸서 포기했었다.

가족 이야기를 나누다가 일바에게 오빠가 한 명 있다는 이야기를 들었다. 나는 외동딸이라 언제나 오빠나 남동생이 있었으면 했다. 하지만 형제가 있는 대부분의 아이들이 그렇듯 일바는 기겁을 했다.

"'그런 게' 뭐가 갖고 싶어?"

일바의 오빠는 버스 정류장 한 구간 거리에 있는 루드벡 고등학교에 다닌다고 했다. 일바가 자신의 오빠를 '구제할 길이 없는 머저리'라고 말했을 때 나는 아연실색했다.

우리는 남은 점심시간을 교정에 앉아 그림을 그리면서 보냈다. 일바는 일반적인 스웨덴 아이들보다 그림을 잘 그렸다. 나는 그림 그리기를 별로 좋아하지 않지만 익숙하지 않은 손길로 일바가 그린 것과 비슷한 아이를 그렸더니 일바는 감탄사를 내뱉었다.

"진짜 잘 그린다! 나도 가르쳐줘!"

한국의 여자아이들이 다른 나라로 가게 되면 보잘것없는 그림 실력에도 감탄사를 연발하는 외국인들을 수없이 만나게 될 것이다. 창의력은 어떨지 몰라도 손재주는 한국 사람들이 월등하다는 생각이 든다. 선물 가게에서 포장을 하고 있는 스웨덴 사람을 보면 답답해서 내가 대신 하고 싶을 정도다.

오후에는 소피에룬드 학교에 처음 갔을 때처럼 수학 진단 평가를 했다. 나는 수학에 약해 잔뜩 긴장하고 있었는데, 수학 선생님이 건네준 시험지는 단 한 장뿐이었다. 시험 내용도 초등학교 3학년이라면 풀고도 남을 문제였다. 그런데도 단위가 헷갈리는 나 자신이 참 한심했다.

시험지를 선생님에게 드린 뒤 일바 옆에 앉았다. 갑자기 우리 앞줄에 앉아 있던 남자아이가 몸을 완전히 뒤로 돌리고 나를 뚫어져라 쳐다보았다.

"쉬웠어?"

"응."

내 대답을 듣지 못했는지 교과서를 읽고 있던 다른 아이들의 시선이 내게 쏠렸다.

"어땠어? 어려웠어, 쉬웠어?"

"나도 그 시험을 본 적 있었던가?"

"쉬웠겠지, 뭐."

아이들 사이에서 이런 말들이 빠르게 오갔다. 수학 선생님이 조용히 하라는 동작을 취했지만 교실은 전혀 조용해지지 않았다. 시장바닥처럼 시끄러운 상황을 참다 못한 선생님이 끝끝내 소리를 질렀다.

"그만! 여기까지!"

나는 아이들이 당연히 입을 닫고 공부를 시작할 것이라고 생각했다. 하지만 선생님 바로 옆에 앉아 있던 펑크족 여자아이(남자아이?)는 자신의 귀를 막으며 신경질적으로 말했다.

"아, 시끄러워요. 제 귀에다 대고 소리 좀 지르지 마세요."

나는 이 상황을 어떻게 이해해야 할지 몰랐다. 선생님이 "너희들 너무 시끄러워!"라고 말하니 학생이 "선생님이 더 시끄럽거든요?"라고 대답하는 꼴이었다. 일바는 쓴웃음을 짓고 있었다.

"원래 이래."

이 반이 '원래 이런'지는 수학 시간이 끝나고 나서 더욱 확실히 알 수 있었다. 선생님이 나가자마자 한 여자아이가 오디오에 CD를 넣더니 음악을 켰다. 그러자 모두가 일어나서 미친 듯이 춤을 추기 시작했다. 나도 같이 일어나서 국민체조라도 해야 하나 싶었지만 일바가 가만히 있는 것을 보고는 그냥 풀던 문제를 계속 푸는 쪽을 택했다.

5분 정도 지나자 한 남자아이가 몸을 날려 음악을 껐다. 우당탕거리는 소리와 함께 모두가 자리에 앉는 데는 5초도 채 걸리지 않았다. 순식간에 교실 안이 조용해졌다. 그 순간 교실 문이 열리며 선생님이 들어오셨다. 선생님은 조용한 교실을 둘러보며 만족스러운 듯 고개를 끄덕였다.

"좋아, 수업 시작한다."

아마도 무서운 선생님인 것 같았다. 나는 그런 아이들의 모습에 기가 질렸다. 일바는 심드렁한 표정으로 말했다.

"좀 미친 반이거든."

어떻게 처신해야 할지 도무지 알 수 없는 교실이었다.

마지막 시간에는 스톡홀름의 지리와 역사를 배웠다. 나와 일바는 평범한 지도 하나와 스톡홀름 섬들의 가장자리만 그려져 있는 지도를 받았다. 자리가 비어 있는 지명을 지도에서 찾아서 받아 적다 보니 시간이 금방 흘러갔다. 우리 앞에 앉아 있던 남자아이가 다시 몸을 돌리고 말했다.

"협동해야 하니까 좀 베껴도 되지?"

일바는 불같이 화를 내며 안 된다고 말했지만 그 남자아이는 귀를 후비적거릴 뿐이었다. 나는 차분하게 말했다.

"협동하는 것이 맞아."

"역시 그렇게 생각하지?"

히죽히죽 웃는 모습이 얄밉기로 따지면 '에즈베리의 보그단'이었다. 나는 똑같이 히죽거리며 말했다.

"응, 그런데 너는 안 하니까 협동이 아니지."

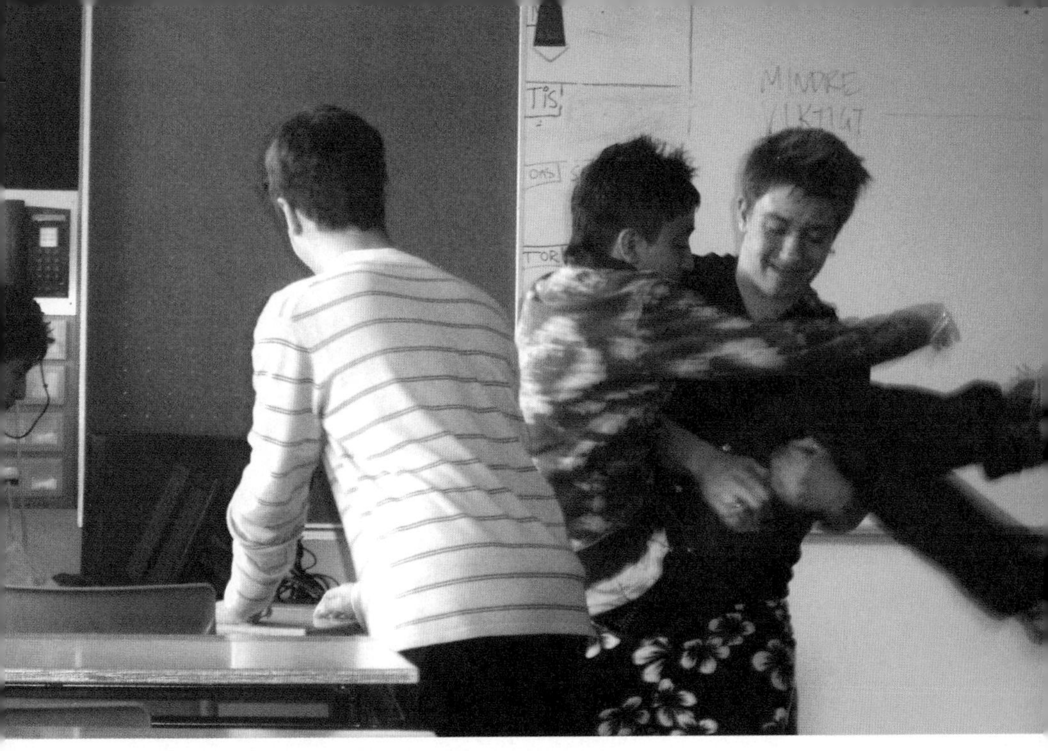

:: 쉬는 시간이 되면 시끄러운 남자아이들 때문에 교실은 아수라장이 된다

남자아이는 날 멍하니 바라보다가 다른 쪽으로 비척비척 가버렸다.

만난 지 하루밖에 안 되었지만 일바와는 좋은 친구가 될 거라는 생각이 들었다. 이렇게 죽이 잘 맞는 친구를 찾기는 정말 힘드니까 말이다. 그래서 일바가 스톡홀름 현장학습에 불참한다고 했을 때 많이 아쉬웠다. 빨리 친해져서 그런 것도 있지만, 내가 모르는 것이 있으면 일바가 가르쳐주었기 때문이다. 다른 아이들은 기본적으로 나한테 별 관심이 없었다. 일바가 오지 않으면 나 혼자 점심을 먹게 될 것이 불 보듯 뻔했다. 견학을 갔을 때 그런 일이 생기면 꽤나 끔찍할 것이다.

일바는 아빠를 만나러 가야 한다고 했다. 나는 학교를 빠지면서까지 아빠를 보기 위해 버스를 타고 남쪽으로 여행해야 하는 이유를 묻지 않았다.

다시 품은 각오

이제 진짜 스웨덴 생활이 시작된 느낌이다. 온전히 스웨덴 아이들과 부대끼며 2년을 보내야 하는 것이다. 공부는 훨씬 더 힘들어질 테고, 한국의 학생들만큼 공부에 매달려야 할지도 모른다. 하지만 새로운 세상을 접하면서 여전히 두근거리는 마음을 주체할 수가 없다. 지금의 노력이 내 꿈을 이루는 발판을 마련해줄 거라고 생각하면 어떠한 힘든 일도 참아낼 수 있을 것 같다.

사람은 누구나 태어날 때 주먹을 꼭 쥐고, 그 꼭 쥔 주먹 속에 무엇인가를 품고 세상 밖으로 나온다고 아빠가 말한 적이 있다. 나 역시 작은 주먹이지만 뭔가를 꼭 품고 태어났을 것이고, 이제는 그 작은 주먹 속에 품고 있던 것을 제대로 꽃피울 시기가 되었다고 생각한다.

나의 꿈은 세상을 뒤흔들 수 있을 만큼 기개와 강단이 있는 여성이 되는 것이다. 그리고 그 꿈을 이루기 위해서 할 수 있는 한 힘껏 노력할 것이다. 그 첫 번째 발판이 바로 이 학교다. 여태까지 에즈베리 학교를 거쳐 간 몇 안 되는 한국 학생들이 그랬던 것처럼, 나 역시 에즈베리 학교의 모두에게 기억에 남는 학생이 되고 싶다.

스톡홀름의 피바다를 가다

새로운 학교에서는 색다른 테마 수업이 기다리고 있었다. 스톡홀름 테마라고 하여, 몇 주에 걸쳐 스톡홀름 시내를 구석구석 돌아다니면서 역사와 지리를 배우는 수업이었다. 얼마 전 소피에룬드 학교에서도 스톡홀름 시내를 방문하여 수업을 했지만, 이번에는 목표가 조금 더 큰 프로젝트라는 느낌이 들었다.

현장학습 날, 집합 장소인 국기게양대 앞에 가보니 걱정했던 것처럼 나를 알아보는 아이들이 거의 없어 멀뚱멀뚱하게 서 있었다. 이미 7학년이 다 지나가버린 뒤라서 친한 친구들과 끼리끼리 모여서 노는 탓이다. 나는 갑자기 외톨이가 된 듯했다.

MP3로 음악을 들으며 버스 정류장에 서 있는데 여자아이 두 명이 다가

:: 스톡홀름에서 가장 아름다운 감라스탄의 거리. 미로같이 얽힌 좁은 골목 사이 사이를 걸으면 기분이 좋다

와 말을 걸었다. 안토넬라와 마리아였다. 아랍계인 그 둘은 사촌지간으로, 모두 스웨덴에서 태어났다. 마리아는 나처럼 제2외국어로서의 스웨덴어 수업을 듣는다고 해서 반가웠다. 지하철로 갈아타기 위해 단데리드 역으로 가는 버스 안은 현장학습을 가는 아이들의 재잘거림으로 북적대고 소란스러웠지만 승객들은 유쾌한 표정으로 우리들을 바라보았다.

이번 현장학습은 스톡홀름 중앙역이 아니라 감라스탄 역에서부터 시작되었다. 보통 스톡홀름 견학은 중앙역에서 시작되지만 함께 간 영어 선생님 카이사는 왕궁과 교회를 보기 위해서 그곳에 내렸다고 설명해주었다.

감라스탄은 길이 좁아도(전부 골목길이다) 화려하고 세련된 느낌이 드는 곳이다. 중세시대 대부분의 나라가 그랬듯이 위생 관념이 엉망이라 악취가 코를 찔렀다지만 지금은 그 흔적을 찾아볼 수 없을 만큼 깨끗하다.

가장 먼저 간 곳은 스투르토리옛(Stortorget)이라는 유명한 광장과 왕궁 근처에 위치한 스투르쉬르칸(Storkyrkan)이라는 대성당이었다. 이곳은 얼마 전에도 소피에룬드 학교의 반 친구들과 함께 온 적이 있고, 바로 전날 스톡홀름의 역사에 관한 글을 학교에서 읽었기 때문에 유명한 그림이나 동상을 보면 누구에게라도 설명할 자신이 있었다.

내가 스투르쉬르칸에서 가장 좋아하는 '성 조지'의 동상에는 아주 재미있는 이야기가 전해진다.

옛날 옛적에 어느 나라를 지나가던 용사 성 조지가 이상한 것을 발견했다. 한 여자가 새끼 양 몇 마리와 함께 울고 있었다. 진부하게도 그 여자는 이 나라의 공주님이었다. 모범적인 용사인 성 조지는 공주님한테 우는 이유를 물었고, 그녀는 이 나라를 괴롭히는 사악한 용이 제물로 요구했던 어린 양들이 다 떨어지자 제비뽑기 결과 자신이 제물로 뽑혔다고 대답했다(동양의 용은 현명하고 인간에게 이로운 반면, 서양의 용은 걸핏하면 사람들을 괴롭힌다는 게 흥미롭다). 전 세계의 용감한 기사들이 모두 그러하듯, 성 조지는 용을 무찌르고 공주를 구출했다.

실제로 용을 무찌르거나 공주를 구출하지는 않았지만 성 조지는 실존했던 인물이고, 용을 무찌르는 대신 스페인 등지에서 기독교를 전파했다. 그는 그 일로 목이 잘려서 죽었다.

잉글랜드와 마찬가지로 스웨덴에도 성 조지를 기리는 기념일이 있다. 하지만 이런 사실이나 전설과는 다르게 성 조지 동상의 제작자인 벵트 노테(Bernt Nothe)의 주장은 조금 다르다. 말에 올라탄 채 악룡을 꿰뚫는 성 조지는 스웨덴의 왕 스텐 스투레를, 악룡은 스텐 스투레와의 전쟁에서 패한 덴마크의 왕 크리스티안 1세를, 구출을 기다리는 공주는 스웨덴을 의미한다는 것이다.

스톡홀름 시청의 지붕과 감라스탄의 쇱만가탄(Käpmangatan)에는 성 조지 동상의 복제품이 있어 사람들의 눈길을 끌고 있다.

팁스프로메나드

교회를 방문한 뒤 우리 반 아이들은 서너 명씩 조를 짜서 팁스프로메나드(Tipspromenad, 질문지를 들고 해답을 찾아 돌아다니는 수업)를 했다. 나는 안토넬라, 마리아와 같은 조가 되었다.

소피에룬드 학교에서 숲으로 현장학습을 갔을 때는 꼬마아이들도 풀 수 있도록 아주 쉬운 문제들만 있었고, 눈에 잘 띄는 표지판만 보고 따라가면 됐지만 이번에는 좀 달랐다. 선생님은 각 조마다 지도 한 장과 문제

:: 우리끼리 티격태격 질문지를 채우며 스톡홀름 구석구석을 돌아다닌 현장학습. 내가 사는 동네의 지리와 역사를 알 수 있어서 재미있고 유익한 수업이었다

지를 하나씩 주었고, 우리는 감라스탄 전 지역을 돌아다니며 답을 찾아야 했다. 왕족들이 실제로 거주하는 곳이나 성 조지 동상의 제작자를 묻는 문제는 직접 가지 않아도 알아맞힐 수 있을 정도로 쉬웠지만, 나머지 문제들은 상당히 까다로웠다. 예를 들어 이런 질문들이었다.

"어떤 거리에는 이런 사연이 얽혀 있는데, 이 거리의 몇 번지를 찾아가서 손잡이를 찾아보라. 그 손잡이는 무엇을 의미하는가?"

"1250년 스톡홀름의 피바다는 스투르토리엣 옆의 좁은 길에서 일어난 일이다. 그 길목에 서 있는 어떤 집에서는 귀족들의 목을 치는 것이 똑똑히 보였다는데, 창문 주위의 장식들은 사실 그 사람들을 기억하기 위해 만든 것이다. 모두 몇 개의 머리를 의미하는가?"

심지어 지도를 들고 10분 이상 걸어가야 하는 곳도 있었다. 내 스웨덴어가 능숙하지 않아서인지, 안토넬라와 마리아는 내가 하는 말을 쉽사리 믿지 않았다. 교회 안의 제단이 흑단과 은으로 이루어져 있다는 말을 믿지 않았을 때는 답답하기까지 했다. 내가 몇 번이나 장담을 했는데도 둘은 여행 안내서까지 확인해보고서야 답을 써 넣었다.

그날은 마침 스웨덴 국왕의 생일이라 왕궁 옆에는 사람들이 잔뜩 몰려 있었다. 사람들의 이야기를 들어보니 국왕이 직접 나와서 사람들에게 인사를 하는 것 같았다. 나는 매년 돌아오는 국왕의 생일 같은 것은 집어치우고 하던 일이나 계속하자고 했지만, 안토넬라와 마리아는 차라리 학교 공부 따위를 집어치우고 행사나 보자고 난리였다. 그리고 이런 말을 덧붙였다.

"아무도 안 하는데 왜 우리만 해야 해?"

학교 공부에 소홀한 것이야 대부분 스웨덴 학생들의 공통점이지만, 그래도 얼떨떨한 기분이 드는 것은 어쩔 수 없었다. 7학년은 성적을 받지 않아서 그러는지도 모르겠다. 심지어 일바는 영어 시험을 치면서 "성적도 안 나오니까 그냥 장난 같은 거야."라고 말하기도 했다.

스톡홀름의 명물, 감옥 호텔

텁스프로메나드가 끝나고 집합 장소에 모두 모이자 담당 선생님인 카이사와 올레가 우리를 지하철역으로 안내했다. 올레는 점심을 감옥에서 먹을 거라고 말했다.

뜬금없이 무슨 감옥인가 싶었는데, 옛날에는 스웨덴에서 가장 큰 감옥이었지만 지금은 호텔로 리모델링하여 사용하고 있는 곳이란다. 돈을 주

:: 좁은 감옥을 호텔로 만들 생각을 하다니 신기할 뿐이다

고 감옥에서 잠을 자려고 몇 달 전부터 예약하는 사람들이 줄을 선다니 참 이해하기 어려운 일이다. 하지만 우리가 도착한 곳은 분명 감옥보다는 호텔에 가까운 곳이었다. 새파란 잔디가 깔려 있는 커다란 건물 바깥에는 나무와 꽃이 우거져 있었고, 아래쪽 강줄기를 따라 만든 산책로에는 유모차를 끌거나 개를 데리고 산책하는 사람들이 여기저기 눈에 띄었다.

뜨거운 햇빛을 피해 건물과 나무가 만들어놓은 그늘 벤치에서 도시락을 꺼내다 눈을 들어보니, 다른 여자아이들은 모두 잔디에 자리를 펼치고 앉아 있었다. 잠깐 망설이던 나도 그쪽으로 가서 비집고 앉았다. 한낮의 햇빛은 너무 밝고 맑아 눈이 부시다 못해 현기증이 날 지경이었다.

"저기 있잖아. 이렇게 햇빛 비치는 데 있으면 얼굴이 탈 텐데……."

내가 그렇게 말하자 여자아이들은 이상하다는 눈으로 날 쳐다보며 입을 모아 말했다.

"당연히 까매져야지. 그래야 예쁘잖아."

여름만 되면 각종 미백 제품과 자외선 차단제가 쏟아져 나오는 한국에서 살다온 나로서는 조금 이해하기 힘든 일이었지만, 스웨덴 사람들은 정말 햇빛을 좋아한다. 일바도 겨울이 되면 머리카락 색도 진해지고 피부가 창백해져서 너무 싫다며 불평을 늘어놓곤 했다. 역시 미의 기준은 나라마다 다른 것일까?

갑자기 두 명의 여자아이가 벌떡 일어나더니 음악을 틀고 춤을 추기 시작했다. 옷이 짧아서 다 보이니까 제발 빙글빙글 돌지 말라고 말해주고 싫었지만 워낙 그런 것에 신경 쓰지 않는 아이들이라 다시 한 번 참았다. 그늘에서 점심을 먹던 남자아이들이 하나둘씩 모여들자 다들 둘러앉아 게임을 하기 시작했다. 한국에서도 단체로 모이면 늘 하는 그런 게임이었지만 나름대로 재미있었다.

한국에서는 '~릉'에 갈 때마다 무덤으로 소풍 가는 나라는 우리나라밖에 없을 거라고 친구들과 시시덕대곤 했는데, 생각해보니 스웨덴에서도 묘지로 소풍을 간 적이 몇 번 있었다. 이제는 감옥에서 점심까지 먹고 있으니 한국이나 스웨덴이나 야외 학습은 똑같다는 생각이 들기도 했다.

'감옥' 안으로 들어가니 프런트도 있는 별 세 개짜리 호텔이었다. 우리는 직원의 안내를 받으며 호텔 안에 마련된 박물관을 구경했다. 내 스웨덴어의 한계를 깨닫는 것은 하루에도 몇 번씩 있는 일이지만, 호텔 직원이 과장된 동작을 곁들여서 하는 말들은 거의 알아들을 수 없었고 겨우 몇 단어를 듣고 전체적인 내용을 유추하는 게 고작이었다. 가끔 던지는 농담에 친구들이 자지러질 때도 멀뚱히 서 있어야만 했다. 책만 주구장창

:: 점심 시간. 친구들과 햇빛이 쏟아지는 풀밭에 모여 춤추고 게임하면서 신나게 놀았다.

읽기보다는 듣기를 좀더 열심히 해야겠다는 생각이 다시금 들었다.

지금은 다른 나라에 비해 감옥 시설도 좋고, 죄수들에게도 관대해서 세계의 모든 죄수들로부터(심지어 이라크의 후세인 전 대통령까지도) 선망의 대상인 스웨덴이지만 기록들을 읽어보니 소름이 끼쳤다. 손목과 발목이 먼저 잘리고 사지가 잘리고 눈이 도려내지고 혀가 잘린 뒤에야 목이 잘린 한 소년에 대한 이야기를 읽은 다음에는 아예 글자들에 시선을 주지 않는 것이 정신건강에 좋겠다는 생각까지 들었다.

돌아오는 길에는 부모님 서명을 받아온 아이들만 시내에 남았고, 나머지는 선생님의 인솔에 따라 솔렌투나로 돌아갔다. 한 남자아이는 자신이 가야 할 곳이 스톡홀름에 있는데도 서명을 받아오지 않아서 솔렌투나까지 간 뒤 다시 스톡홀름으로 돌아가야 했다. 카이사는 부모님 서명이 없는 한 하늘이 무너져도 못 간다는 반응이었다. 수업 도중에 무슨 일이 생기면 모두 선생님 책임이 되기 때문에 그런 것인지도 모르겠다.

이번 현장학습은 책상 앞에 앉아서 글만 읽는 것보다 훨씬 재미있게 스톡홀름에 관해 배울 수 있는 기회였다. 한국의 친구들도 자신이 사는 지역을 돌아다니며 역사와 지리를 배우는 기회를 자주 가지면 좋을 것 같다(내가 초등학교에 다니던 시절에는 '서울 테마' 같은 것이 없었다). 넓은 세계를 경험하고 배우는 것도 좋지만, 자신이 살고 있는 도시나 마을에 대해 조금씩 알아가는 것도 아주 재미있고 유익한 일이다.

우리들의 일그러진 영웅

스톡홀름 테마 두 번째 날 수업은 지난 번과는 다른 방식으로 진행되었다. 세 명에서 다섯 명 정도의 작은 모둠으로 나뉜 학생들이 직접 일정을 짜고 동선을 정해서 목적지 네 곳을 방문하는 방식이었다. 이런 수업은 대중교통을 이용하는 방법을 숙지하는 것과 스톡홀름의 지리를 익히는 것이 주목적이다.

스톡홀름 시내로 가려면 솔렌투나 역에서 만나는 것이 가장 쉽고 빠른 방법이지만, 이다 선생님의 강력한 주장에 따라 우리 모둠은 일단 학교에 모여 같이 출발하기로 약속했다. 하지만 선생님이 지시한 방법은 우리가 첫 번째 버스를 놓치면서부터 틀어지기 시작했다.

걸어서 통학하는 일바나 다른 두 남자아이들과 달리 나는 버스를 타고 몇 정거장을 가야만 학교에 갈 수가 있다. 시간을 정확하게 계산했는데도 우리는 학교에 늦게 도착했고, 버스가 떠나는 것을 발을 동동 구르며 쳐다볼 수밖에 없었다. 더군다나 그 버스의 배차 간격은 20분이 넘었다. 스웨덴은 버스의 정차 시각이 정확하게 정해져 있지만, 배차 간격이 넓어 버스 하나만 놓쳐도 다음 탈 것들을 줄줄이 놓치게 된다. 우리가 바로 그 경우였다.

엎친 데 덮친 격으로 남자아이 두 명 가운데 하나가 아프다며 오지 않았다. 그것이 특별히 문제될 것은 없었으나, 홀로 남은 남자아이가 나와 일바에게서 50미터 정도 떨어져 걷느라 우리는 버스를 두 번 갈아타는 동안 한 시간 이상을 허비하고 말았다. 일바는 솔렌투나에서 만나서 오는 것이 훨씬 나았을 거라며 투덜거렸다. 나 또한 교통카드를 잃어버려 따로 버스표를 사느라 아까운 버스비까지 물어야 해서 속이 쓰렸다.

스웨덴 대중교통 요금은 상당히 비싸다. 여섯 번에서 일곱 번 정도 탈 수 있는 교통카드 가격이 학생용은 20,000원 정도이고 어른용은 32,000원 정도다. 학교 수업에 필요한 경우에는 학교 카드를 빌려서 갈 수 있지만 학교까지 가는 버스 요금은 내 돈으로 내야 한다. 비실거리며 따라오던 남자아이는 스톡홀름에 도착하자마자 감기 때문에 목이 아프다며 반대 방향 열차를 타고 집으로 돌아가 버렸다.

스톡홀름 법원

이런저런 고난과 역경(?)을 거친 끝에 스톡홀름 법원에 도착했다. 우리는 바로 옆에 서 있는 커다란 건물을 보고 법원이라 생각했는데, 알고 보니 그곳은 재판이 끝나면 구속될 사람들을 연행하는 경찰서였다. 공사가 한창 진행 중인 맞은편 건물이 우리가 찾는 법원이었다.

한참을 헤맨 끝에 정문에 도착하니 이미 다른 반의 몇 모둠이 난간에 앉은 채 설명을 듣고 있었다. 우리는 기다리는 동안 문에 새겨져 있는 괴상한 얼굴에 손가락을 집어넣으며 낄낄거렸다.

아주 오래전 지금의 노벨 박물관 자리에 있던 법원에는 일하는 사람이 두 명밖에 없었다고 한다. 그곳에서 판결을 받은 사람들의 처벌은 바로 앞의 광장 스투르토리옛에서 이루어졌는데, 지금과는 달리 아주 엄했다고 한다. 바로 전 테마 수업 때 감옥에서 본 사진으로도 그 '처벌'이 얼마나 잔인했는지 쉽게 상상할 수 있었다. 그런 이유 때문인지 선생님은 옛날보다 백 배가 넘는 직원들이 공정한 판결을 내리기 위해 노력하고 있다는 것을 강조했다.

법원에는 정의의 여신 상징물이 자리 잡고 있었다. 로마 신화에 나오는 정의의 여신은 한 손에는 저울을, 한 손에는 칼을 들고 눈을 가린 여성이다. 저울은 양쪽의 의견을 모두 듣고 공정하게 판단하는 것을, 칼은 심판을, 눈은 겉모습을 보지 않고 법에 따른 공정한 판결을 하겠다는 것을 의미한다. 정의의 여신 동상은 스웨덴에만 있는 것이 아니라 여러 나라의 법원에 세워져 있다고 한다.

원래는 점심시간이 되기 전에 두 곳, 끝난 뒤에 두 곳을 방문했어야 하는데 버스를 놓치는 바람에 스톡홀름 시청에는 갈 여유가 없었다. 다음 날 모든 모둠이 발표할 주제는 시청으로 정해져 있는데 일이 된통 꼬인 셈이었다. 게다가 점심 도시락을 깜빡한 덕분에, 근처 패스트푸드점에서 대충 때워야 했다. 확실히 운수가 나쁜 날인 것 같았다.

내 사랑 '막스(MAX, 스웨덴 토종 패스트푸드점. 광우병 걱정이 절대 없는 스웨덴산 쇠고기만 사용하고 맛도 괜찮지만 스웨덴 사람들의 입맛에 맞추어 너무 짠 것이 흠이다)'에서 음식을 주문하고 기다리는데 말을 탄 근위병들이 군악대와 함께 지나가는 것이 보였다(그 말들의 모습은 근사하지만 그들이 남기고 가는 굉장한 말똥들을 보면 저걸 어쩌나 싶다). 스톡홀름에 사는 사람들은 이런 광경에 익숙해서 무심히 지나칠 줄 알았지만, 웬걸? 다들 카메라를 꺼내들고 셔터를 누르기 시작했다. 나도 사진을 찍고 싶었지만 막스 직원이 느릿느릿하게 움직이는 사이 근위대 행렬도 지나가고 말았다.

스웨덴의 패스트푸드는 사실상 슬로푸드라고 부르는 것이 정확하다. 일정한 시간 이내에 음식이 나오지 않으면 돈을 받지 않겠다는 한국의 패스트푸드점을 스웨덴 사람들이 보면 이런 세상도 다 있구나 싶을 것이다. 스웨덴의 기다림의 미학과 한국의 신속, 정확, 고객에 대한 봉사정신이 절묘하게 섞이면 정말 좋을 것 같다는 생각을 잠시 해보았다.

야외 탁자에 앉아서 점심을 먹고 있으니 비둘기며 참새가 날아들었다. 일바가 심심풀이 삼아 내가 먹고 있던 감자조각을 던져줬더니 낌새를 챈 온갖 잡새들까지 몰려들어 난리가 아니었다. 스웨덴의 비둘기는 서울의 '닭둘기'와 달리 홰는 칠 수 있는 것 같았다. 스웨덴에도 비둘기가 굉장히 많아서, 야외 지하철 정거장이나 높은 건물 같은 곳에는 으레 새까맣게 비둘기 떼가 달라붙어 있다. 소피에룬드 학교의 바네사는 스웨덴에서 비둘기 똥을 두 번이나 뒤집어썼다고 불평을 하곤 했지만, 다행히 나는 그런 봉변을 당한 적이 한 번도 없다.

우리들의 일그러진 영웅, 카를 12세

점심은 다음에 방문할 차례인 동상과 인접한 곳에 있는 쿵스트래드고르덴(Kungsträdgården)에서 먹었다. 원래는 이름 그대로 '왕의 정원'이었던 곳을 공원처럼 만들어놓았다.

스톡홀름 시는 이곳의 나무를 싹 베어내고 지하철 입구를 만들려고 했으나 시민들의 격렬한 반대에 부딪혀 결국 뜻을 이루지 못했다고 한다. 반대하는 사람들 중에는 나무 위에 올라가서 계획이 철회될 때까지 내려오지 않은 사람도 있었다고 한다.

일바는 그런 사람들과는 다른 이유지만, 그때 나무를 베어내지 않은 것

:: 러시아 방향으로 손가락을 가리키고 있는 카를 12세 동상. 국민들에게는 미움을 받았지만 이제는 새들에게 사랑을 받고 있다

왕의 정원의 풍경 ::

:: 소박하지만 아름답던 카타리나 교회 앞 풍경

법원 문에 새겨진 조각. :: 기다리는 동안 괴상한 얼굴 조각에 손가락을 집어넣으며 우리는 낄낄거렸다

이 정말 다행이라고 말했다. 일본 문화라면 일단 눈을 반짝이고 보는 일바는 벚꽃이 흐드러지게 피어 있는 길이 좋았을 뿐이다. 하여간 일본 사람들이 자기 문화를 퍼뜨리는 데 가장 먼저 쓴다는 벚꽃은 우리가 갔을 때는 이미 져버린 뒤였다. 일바에게 한국과 일본의 역사적 앙금을 하나하나 설명해줄까라는 생각도 했지만, 저렇게 일본이 좋아서 난리인 친구에게 정신적 혼란을 주고 싶지 않아 당분간만 참기로 했다.

스웨덴의 역사는 우리나라와는 판이하게 다르다. 왕실 역시 유럽의 거의 모든 국가의 피가 흐른다는 말이 나올 정도로 복잡하다. 현재 국왕인 카를 16세도 베르나도테(Bernadotte)라는 프랑스식 성을 쓰고 있다. 나폴레옹이 프랑스와 다른 유럽 국가들의 황제로 군림하던 시절, 그의 비위를 맞춰야 했던 스웨덴에서는 프랑스의 원수(元首) 장-밥티스트 쥘 베르나도테(Jean-Baptiste Jules Bernadotte)를 왕으로 뽑았다. 그가 바로 카를 요한 14세이다. 카를 13세에게 아들이 없었고, 남자가 아니면 왕위계승을 인정하지 않았던 당시 스웨덴의 법 때문에 다른 나라 사람을 왕으로 뽑게 된 것이다. 우리 감성으로는 이해하기 힘든 일이다.

그 외에도 북유럽 3국(스웨덴, 노르웨이, 덴마크)은 몇 번이나 같은 왕이 통치하다가 분열하는 것을 반복한 역사를 갖고 있다. 특히 나이를 따지지 않고 시집 왔던 수많은 왕비들의 이야기는 책으로 나올 만큼 독특하다. 6세나 42세에 결혼한 왕비들의 이야기는 그저 놀라울 뿐이다(덴마크의 마르타 왕비는 2세 때 약혼을 했다).

민족의 단합을 중요하게 여기는 한국에 비해 스웨덴은 그런 쪽으로 다소 느슨한 것 같다. "스웨덴은 지루해! 아시아 국가로 가고 싶어!"라는 말을 입에 달고 사는 일바가 한국 사회에서 그런 말을 하면 어떻게 될까? 좋게 말하면 일찍 글로벌화가 된 것이고, 나쁘게 말하면 국가와 민족에 대한 정체성이 없는 것인데 어떻게 봐야 할지 아직 정확하게 판단할 수 없지만, 외국인의 비율이 높은 것을 그런 것과 연관해서 생각하는 사람들도 있는 것 같다.

쿵스트래드고르덴에는 볼 것이 정말 많았다. 특히 분수대 근처에 몰려 있다가 내가 다가가자 한 번에 날아오르는 하얀 새들의 모습은 장관이었다. 꼬마들이 하얀 새들에게 모이를 던져주는 모습은 한 폭의 그림같았다.

전쟁광이었지만 전쟁에는 재주가 없는 불행한 왕이었던 카를 12세의 동상 앞에서 우리들은 멈춰 섰다. 쿵스트래드고르덴의 명물인 카를 12세의 동상은 손가락으로 러시아 방향을 가리키고 있다. 어쩌면 당연한 결과일지도 모르겠지만 카를 12세는 러시아를 정복하지 못했고, 노르웨이에서 전쟁 중 사망했다. 전쟁을 좋아해서 허구한 날 전쟁을 치르고 다녔지만 나가는 족족 지는 데다 배상금까지 물어주고 하니 국민들이 좋아할 리 없었다. 그렇게 국민들에게는 미움 받은 왕이었지만, 지금은 새들에게 사랑을 듬뿍 받고 있는 것이 재미있었다.

동상에 관한 설명을 들은 뒤에는 버스를 타고 카타리나 교회로 향했다. 그 교회까지 올라가는 케이블카를 발견했을 때는 울고 싶은 심정이었다.

:: 스톡홀름 따위는 관심도 없다는 일바는 틈만 나면 수풀 속으로 기어들어가 땅굴을 찾느라 정신이 없다

가난한 학생인 우리는 럭셔리한(?) 케이블카 대신 끝도 없이 이어진 계단을 오를 수밖에 없었다.

올라가니 스톡홀름 시내의 전경이 한눈에 들어왔다. 맬라렌의 강줄기와 세련된 빌딩들, 그리고 그 사이사이의 고풍스러운 건물들……. 나는 넋을 놓고 구경했지만 일바는 수풀 속에 기어들어가 땅굴을 찾는 데만 열심이었다.

일바는 스톡홀름에 대한 애정이 거의 없다. 자기 아빠가 살고 있는 지역의 숲과 집, 호수와 고양이를 너무나 사랑해서 이런 도시 따위(?)는 눈에 들어오지도 않는다고 당당하게 말한다. 하지만 도시에서만 살았던 나는 개미집을 파헤치고 햇볕을 쬐고 숲을 뛰어다니는 것이 뭐가 즐겁다는 것인지 도무지 알 수가 없다. 일바는 여름방학 때 자기 집으로 놀러오라며 나를 초대했다. 그러면 진짜 자연의 아름다움을 알 수 있을 거라나? 사진을 보니 집이라기보다는 저택이나 커다란 별장에 가까웠다. 조랑말을 탈 수 있다는 일바의 말에 구미가 당겨서 방학 때 한 번 가볼 생각이다.

계단을 한참이나 올라왔으니 당연히 교회가 산 위에 있을 것이라고 생각했다. 하지만 착각이었다. 위쪽에는 아기자기한 집들과 가게들이 가득 들어차 있었다. 놀랍게도 태권도 도장까지 있었다. 스톡홀름에 태권도를 가르치는 곳이 있는 것은 알았지만 이렇게 직접 보게 되니 반가웠다. 교회는 다른 유명한 스웨덴 교회들처럼 건물 주변을 묘지가 둘러싸고 있었다. 스웨덴이나 미국은 왜 으스스하게 묘지 바로 옆에 집을 짓고 사는지 모르겠다.

교회에서 우리를 기다리고 있는 것은 제2외국어로서의 스웨덴어를 가르치는 마르가레타였다. 날이 궂고 추워서인지 마르가레타는 마치 스키장에라도 온 것 같은 차림새였다. 우리는 추운 날씨를 피해 교회 안으로 들어갔다. 감라스탄에 있는 유명한 교회 스투르쉬르칸보다는 소박하지만 중앙의 샹들리에가 멋진 교회였다.

교회에 관한 이야기를 하면서 가장 많이 나온 것이 바로 화재로 교회가 무너진 사고였다. 두 번이나 무너지고도 두 번 다 복구된 이야기를 들으니 얼마 전 화재로 무너진 숭례문이 떠올랐다. 이 교회의 벽에는 몇 백 년이나 된 십자가가 있는데, 화재가 일어났을 때 사람들은 가장 먼저 그 십자가를 떼어서 나왔다고 한다. 완전히 타버린 숭례문에서 단 하나 건져낸 양녕대군이 쓴 현판처럼 말이다.

비록 스톡홀름 시청은 가지 못했지만, 어쨌든 오늘 할 일은 모두 끝낸 셈이었다. 하지만 일바는 이대로 가기가 섭섭하다며 나를 이끌고 스톡홀름 중앙역으로 나갔다. 그곳에서 우리는 한참 동안 옷이며 신발 따위를 구경했다. 사실 스웨덴에는 한국처럼 가게의 물건이 다양하지 않고 화려하지도 않아 볼 것이 별로 없다. 그래도 일바가 좋아하니 아무래도 좋았다.

일바는 마지막으로 내가 다니는 교회 근처의 일본 가게(가끔은 일본 이야기가 지긋지긋하다)를 구경하자고 했다. 하지만 하루 종일 걸어다니느라 다리도 아픈 데다 음료수를 쏟은 바지가 끈적거리는 통에 서운해하는 일바에게 다음을 기약하고 집으로 돌아왔다.

다른 나라의 역사를 직접 보고 듣는 것은 정말 재미있고 유익했다. 책에 나와 있는 사진이나 보면서 역사책을 달달 외우는 것은 따분하고 의미가 없다는 생각이 들었다.

그런데 이 학교는 도대체 언제부터 공부를 시작할까?

숙제에 미치다

에즈베리는 일반적인 스웨덴 학교의 기준에서 그다지 벗어나지 않는다. 시험도 숙제도 흔치 않으며 7학년의 경우에는 시험이 성적에 반영되지도 않는다. 학교 홈페이지에 명시된 규칙에 따르면 일주일에 시험을 두 개 이상 치를 수 없다. 이 지역 중학교 중에서는 그나마 공부를 많이 하는 곳이라는데 도대체 어딜 봐서 그렇다는 것인지 도무지 알 수가 없다. 조금 과장하면 공부하는 시간이 쉬는 시간보다 더 짧은 것 같다.

공부하는 과목도 몇 개 되지 않는다. 필수 과목인 스웨덴어, 영어, 수학을 제외하면 SO(사회, 역사, 종교 등)와 NO(화학, 물리, 생물 등), 예체능 정도인데, 그 과목들 중 여태까지 숙제를 받아본 것은 영어와 종교, 물리 정도에 불과하다. SO와 NO는 한 학기에 단 한 과목만을 공부하기 때문에 사회와 역사, 종교를 한꺼번에 배우는 일은 없다. 딱히 붙잡고 공부해야 하는 과목은 기껏해야 서너 개 정도나 될까?

하지만 가끔 학생들을 골치 아프게 하는 숙제를 내줄 때도 있다. 평소에 숙제가 거의 없기 때문인지 한 번 내줄 때는 아예 작심을 하는 것 같다. 예를 들어 전학 간 지 얼마 지나지 않았을 때, 영어 시간에 내준 숙제는 자기만의 추리소설을 써오라는 것이었다. 일바를 비롯한 다른 아이들은 울상이었지만 나는 기회로 여겼다.

3일 동안 추리소설 쓰기

우리 학교에는 영어 특별반과 체육 특별반이 있는데, 영어 특별반은 일부 수업을 영어로 진행한다. 나는 그 반에 들어가려고 생각하고 있었지만, 7학년이 되기 전에 원서를 넣어야 하는 규칙이 있어 학기 말에 전학을 온 나는 어떻게 해볼 도리가 없었다. 그래서 숙제를 열심히 해서 탁월한 작품을 제출하면 선생님이 기특하게 여겨 추천을 해줄지도 모른다는 기대를 안고 제대로 숙제를 해보기로 결심했다.

기간은 화요일에서 목요일까지 겨우 3일이었다. 영어 선생님인 엘리자베스가 교정을 해주면 좋을 텐데, 아쉽게도 엘리자베스는 매주 월요일에 오기 때문에 불가능했다. 결국 나는 순전히 내 힘으로 이 고난과 역경(?)

을 헤쳐 나가야 했다.

노트북을 앞에 두고 먼저 떠오른 생각은 이 세상의 모든 추리소설 작가들이 정말 존경스럽다는 것이었다. 아무것도 없는 상태에서 무언가를 창작하는 것은 상상보다 훨씬 더 까다로웠다.

나는 무작정 플롯을 짜기 시작했다. 내가 여자니까 주인공은 아무래도 표현하기 쉬운 여자로, 내가 가보지 못한 장소에 관해 쓸 수는 없으니 배경은 학교, 일어난 사건은 가장 흔한 살인, 살인의 이유는 당연히 불타는 복수심으로 정했다. 눈에 보이는 이야기를 만족스러울 만큼 이리저리 꼬고, 일반적인 지성을 가진 사람이라면 판단이 가능할 트릭도 넣었다. 영어로 소설을 쓰는 법은 한국어와 매우 달라서 힘들 것으로 예상했는데 써보니 의외로 간단했다. 문법이나 맞춤법은 오히려 영어가 한국어보다 쉬웠고, 잘 모를 때는 도서관에서 빌려온 영어책을 옆에 두고 비슷한 상황을 찾아서 흉내 냈다.

하지만 3일 동안 추리소설 한 편을 다 쓰는 것은 역시 무리였다. 나는 3일 밤낮을 글쓰기에만 매달려야 했다. 마지막 날은 한밤중에 쓰기 시작해서 다음 날 아침까지 한잠도 자지 못했다. 그 고통의 결과는 A4 용지 27장을 빽빽하게 채운 글이었다.

반쯤 졸면서 첫 수업을 마치고 학교 도서관에서 프린트를 했다. 도서관의 컴퓨터와 복사기는 학교 공부와 관련한 내용이라면 제한 없이 사용할 수 있다.

드디어 영어 시간이 되었다. 가장 먼저 숙제를 제출한 나에 대한 선생님의 반응은 "참 잘했어요!"였다. 하지만 다른 아이들의 반응은 좀 달랐다. 그들은 "뭐 저런 괴물이 다 있어?"라는 눈빛으로 나를 바라보았다. 특히 내 앞에 앉은 덩치 큰 남자아이 호아칸은 대놓고 "너 뭐냐?"라고 묻기도 했다. 뭐긴 뭐야? 인간이지. 미친 소일까 봐서?

나를 빼고는 숙제를 제시간에 제출한 아이가 단 네 명뿐이어서 의아했다. 그러나 선생님은 별로 신경 쓰는 눈치가 아니었다. 왠지 열성적으로 키보드를 두드린 내가 바보가 된 기분이었다.

산 넘어 산, 나만의 미니북

나의 '숙제 홀릭'은 이것으로 끝이 아니었다. 이번 학기의 SO 과목은 종교였는데, 시험이 끝나자마자 굉장한 숙제가 주어졌다. 현재 배우고 있는 성경과 유대교에 관해 직접 '나만의 예수의 일생에 관한 책'을 만들라는 것이다.

숙제를 어떻게 해야 할지 자세하게 써놓은 안내서도 있었다. 나는 가슴이 두근거렸다. 내 능력을 보여줄 수 있는 기회였기 때문이다. 안내서의 마지막에는 '할 수 있는 것을 보여라.' 라는 문장이 씌어 있었다. 나는 내가 할 수 있는 모든 것을 보여줄 생각이었다.

무엇을 하라는 제한은 없었다. 꼭 들어가야 하는 내용만 들어가면 두루마리 화장지에다가 숙제를 하건, 100장짜리 논문을 쓰건 아무런 상관이 없었다. 이런 점에서는 스웨덴 학교가 정말 좋다. '원고지 몇 장'처럼 틀에 박힌 것이 아닌, 자신의 개성을 마음껏 표현할 수 있는 점이 적극적인 나로서는 마음에 든다.

나는 이 모든 내용을 3개 국어(한국어, 스웨덴어, 영어)로 쓰기로 마음먹었다. 일단 스웨덴어로 된 성경을 빌려와서 신약을 읽기 시작했다. 내용을 전체적으로 파악한 다음 차례를 작성하고 주요 도시와 지역을 한눈에 볼 수 있는 지도를 그렸다. 전체적인 테마는 '책'이었다. 책은 내게 가장 익숙한 주제이고, 차례를 정리하고 서문을 쓰는 등 재미있는 것이 많았기 때문이다. 물론 할 일도 많았다. 특히 중요한 단어에 주석을 달고 자료를 찾는 일은 쉽지 않았다. 하지만 SO의 선생님은 내 멘토(mentor, 실질적인 의미의 담임. 부모님이나 학생과의 상담을 맡는 등 중요한 역할을 하는 선생님)인 이다여서 훌륭한 학생으로 보이고 싶은 생각이 적지 않았다.

나는 스웨덴에 온 이후로 또래 친구들보다 선생님들과 이야기하는 것이 훨씬 더 즐거웠다. 선생님들이 스승이라기보다는 친구라는 느낌이 강해서 그럴지도 모르겠다. 선생님에 대한 존경심이 없는 것으로 비칠 수도 있겠지만, 절대 그렇지 않다. 학생이 일방적으로 복종하는 것이 아니라, 서로를 사람 대 사람으로 존중하는 점에서 보면 그것은 확실하다.

서술형 시험과 프레젠테이션

내가 속한 7B반은 이번 학기에 물리를 배우고 있다. 이 과목의 숙제는 교과서를 읽고 분석을 해오는 것인데, 종이에 써오는 것이 아니라 그냥 머릿속에 넣어오기만 하면 된다. 그러면 그 다음 시간에 랙스푀회르(läxförhör)라는 일종의 쪽지 시험을 친다. 질문은 서너 개 정도여서 시험이라는 부담은 전혀 없다.

스웨덴의 시험 문제나 교과서의 문제 중 특이한 점 하나는 하나같이 서술형이라는 것이다. 심지어는 수학마저도 그렇다. '왜?' 라는 말이 나오

:: 도서관은 보물 같은 곳이다. 숙제에 필요한 자료가 무궁무진하다

지 않는 곳이 없다. 단답형으로 대답할 수 있는 문제는 거의 없다(나는 여태까지 본 시험에서 객관식을 본 적이 없다). 교과 과정을 전체적으로 파악하고 있어야 생각하고 분석하고 결론을 도출할 수 있다.

한 예로 종교 시험의 마지막 문제는 '왜 아랍인들과 유대인들이 팔레스타인에서 살 권리를 주장하는가? 종교적인 이유를 설명하라.' 였다. 이 문제에 대답하려면 구약성서와 지리에 관한 전반적인 지식이 필요하다. 그냥 달달 외우는 것으로는 답을 내놓을 수 없다. 물론 나처럼 스웨덴어가 부족한 학생들은 빙빙 돌려 설명할 수 있으니 시험지의 넓은 공간이 반가울 따름이다.

이런 스웨덴의 교육 방식은 두 번째 스톡홀름 테마 견학 다음 날의 '시험'에서도 드러난다. 시험이라기에 그때 배우고 메모한 내용을 정리해서 제출하거나 필기시험일 거라고 예상했는데 그것은 완전히 착각이었다. 우리는 그날 하루 종일 교실 앞에서 스톡홀름 주요 장소에 관한 발표를 준비했다.

아프다고 테마 견학에 빠졌던 두 남자아이는 결국 다음 날도 오지 않았다. 그래서 나와 일바만이 지하 교실의 컴퓨터를 차지하고 스톡홀름 시청에 관한 정보를 찾아야 했다. 우리는 견학 날 시청을 방문하지 못한 데다 일바는 스톡홀름 토박이도 아니거니와 관심도 없었고, 나는 스톡홀름의 시청 꼭대기에 자동차 크기 만한 왕관 세 개가 달려 있는 것조차도 처음 알게 된 외국인이었다. 하지만 인터넷으로 정보를 찾는 데는 일가견이 있었다.

백과사전, 시청 홈페이지, 구글, 스웨덴어-영어 사전을 켜놓고 열심히 정보를 찾으면 일바가 그것을 조리에 맞게 나열하는 방식으로 정리하다 보니 어느 정도 마무리가 되었다. 우리의 팀워크는 꽤나 좋은 편이었다.

마침내 발표 시간이 되었다. 우리는 끝에서 두 번째 차례였다. 선생님들이 다 모여 있어서인지 앞에 나온 남자아이들의 얼굴에는 긴장이 가득했다. 하지만 남자아이들은 교실에 달려 있는 프로젝터와 컴퓨터, 파워포인트를 사용해서 꽤 훌륭하게 발표를 끝마쳤다.

선생님들은 발표를 들으면서 끊임없이 메모를 했다. 발표가 끝난 뒤에는 선생님들이 전체적인 평가와 조언, 개인적인 의견 등을 번갈아가며 말

:: 각자 스톡홀름 현장 수업에서 자신이 견학했던 것들을 발표하는 수업

했다. "말을 할 때는 똑 부러지게 해라.", "주제를 풀어나가는 방식이 좋았다.", "바닥만 쳐다보지 말고 청중을 보아라." 하는 식이었다. 마지막에는 학생들로부터 질문을 받았다. 술술 질문과 대답이 오가는 것이 조금 신기했다.

드디어 우리 차례가 되었다. 내 스웨덴어 회화는 부끄러운 수준이라 파워포인트는 내가 다루고 일바가 앞에서 발표하기로 했다. 그럭저럭 시청에 관한 발표를 훌륭하게 끝마치나 했는데 웬걸? 난데없는 벼락이 떨어졌다. 선생님이 스톡홀름 법원에 관한 발표는 왜 하지 않느냐고 지적한 것이다.

우리는 시청에 관한 준비를 하느라 바빠서 법원은 생각하지도 않았다. 결국 나는 건성으로 휘갈긴 메모를 들고 뭇시선들 앞에 서게 되었다. 일바처럼 준비된 발표가 아니었기 때문에 온몸이 빳빳하게 굳은 상태로 고개를 들었고, 나에게로 향한 스무 쌍의 눈을 보는 순간 숨이 막힐 것 같았다. 최대한 어깨를 펴고 말을 또박또박 하려고 노력하는 동안 시간은 순식간에 지나갔다.

아이들은 박수를 쳤고, 선생님들은 내 스웨덴어 실력을 칭찬했다(물론 그들의 입장에서는 아주 우스운 수준이었음을 믿어 의심치 않는다). 하지만 너무 선생님 쪽으로 몸을 돌리고 있었다는 지적을 받기도 했다. 어쨌든 일바의 도움 없이 발표를 한 것이 나름대로 자랑스러웠다.

숙제나 시험을 좋아하는 사람은 별로 없을 것이다. 그런데도 나는 매번 숙제가 나오기를 기다린다. 그것은 정해진 시간 동안 억지로 끝내야 하는 지긋지긋한 골칫거리가 아니라, 나만의 개성을 보여줄 수 있는 좋은 기회라고 여기기 때문이다. 비록 그것이 남들이 보기에는 우스운 수준의 작은 성취감에 불과해도 나 자신을 표현할 수 있는 숙제가 늘 기다려진다.

리누스 선생님과 러브 박스

에즈베리 학교에는 리누스라는 선생님이 있다. 리누스는 수업에 들어가지 않고 아침부터 오후까지 자신의 사무실에서 학생들과 대화만 나누는, 말하자면 카운슬러다.

리누스의 사무실 문에는 작은 종이쪽지가 붙어 있다. '남자친구, 옷, 부모님, 우정, 맥주, 건강, 학교, 짝사랑, 성적, 예상치 못한 시험, 아이~씨 프랑스어 숙제 또 있어' 등등 읽고 있으면 웃음이 나오는 고민거리들이 쭉 나열되어 있다.

'큰 고민, 작은 고민, 나에게 와서 이야기하세요.' 란 글에 용기를 얻어 나 역시 그 문을 두드린 적이 있다. 지루하리만큼 긴 쉬는 시간 때마다 기웃거리다가 결국 1교시 수업을 빼먹고 그곳에 들어간 것이다. 원래는 스웨덴어 수업을 들어야 했지만 충동적으로 '땡땡이'를 쳐버렸다.

에즈베리 학교는 각자의 시간표에 따라 본인이 해당 교실을 직접 찾아가는 방식이다. 그것을 노려 상습적으로 '땡땡이'를 치는 학생들도 가끔 있다. 나는 모범적인 축에 속하는 학생이라 단 한 번도 그런 적이 없었다. 스웨덴어 선생님 마르가레타가 내 빈자리를 보고 무슨 생각을 할지 조금 걱정 되었지만, 나는 누군가에게 뭔가 이야기를 하고 싶어 병이 날 지경이었다. 갑자기 어두워지고 쌀쌀해진 스웨덴의 날씨가 나를 우울하게 만들었는지도 모르겠다.

리누스의 방에는 정장이나 드레스를 입고 웃고 있는 사람들의 흑백사진이 잔뜩 걸려 있었다. 들리는 말에 의하면 사진 찍기가 취미인 리누스가 자신과 상담했던 졸업생들을 직접 찍은 것이라고 했다. 나는 자리에 털썩 주저앉았고, 리누스는 내 맞은편에 앉았다. 아직 스웨덴어에 능숙하지 않은 탓에 영어로 대화하기로 했다.

"여기서 하는 말은 선생님이나 부모님 등 다른 사람에게는 전하지 않는 것이 원칙이지만, 정말로 심각한 문제는 이야기를 해야 할 때도 있어."

아무한테도 말하지 않겠다고 살살 꼬드겨놓고 부모님에게 전부 고자질하는 것보다는 말할 수도 있다는 말이 차라리 더 미더웠다. 적어도 처음 대화를 시작할 때는 내 이야기가 '심각한 문제'라고는 생각하지 않았다.

내가 가장 먼저 꺼낸 이야기는 학교의 규모에 대한 불평이었다.

"너무 커서 교실을 찾을 수가 없다고요. 과학 교실은 다들 A건물에 있

:: 리누스의 사무실 문 앞. 고민거리들이 적힌 작은 쪽지가 잔뜩 붙어 있다.

:: 에즈베리의 천사 리누스 선생님

상담실 앞 안내문 ::

:: 리누스가 찍은 졸업생들 사진

는데, 그 A3 복도를 찾는 데 일주일이나 걸린 걸 아세요? 교실 이름만 써 두면 뭐해요, 못 찾겠는데! 게다가 같은 시간대에 수업이 6개인가 7개라고 쓰여 있을 때는 어떤 교실에 들어가야 할지 모르겠어요. 저번에는 A301인지 A306인지를 10분 넘게 헤매다가 겨우 찾았는데 문이 잠겨 있어서 들어가지 못했어요."

"친구랑 같이 가면 안 되니?"

"제가 제2 외국어로서의 스웨덴어를 듣기 때문에 다른 애들이랑은 쉬는 시간이 달라요. 늦게 시작해서 늦게 끝나거든요. 세상에 지도가 필요한 학교가 어디 있어요? 제가 에즈베리에 다니는 건지 호그와트에 다니는 건지 헷갈릴 때도 있단 말이에요."

지금 생각해보면 웃기지도 않는 고민이다. 하지만 리누스는 진지한 표정으로 들었다. 그 표정에 힘입어 나는 이곳에 왔을 때부터 갖고 있던 모든 고민들을 쏟아놓기 시작했다.

할 것이 아무것도 없는 쉬는 시간, 버스 카드를 잃어버려서 매일 왕복 10킬로미터를 걸어야 하는 것, 자전거가 너무 비싸다는 것, 부모님과의 마찰, 고등학교를 어디로 가야 할지 모르겠는 것, 장래 희망이 자꾸 바뀌는 것……. 나는 장장 1시간 30분 동안 내 이름에 대한 불평에서부터 진정한 친구는 언제쯤 생길지에 관한 고민까지 늘어놓았다. 지루할 만도 하건만 리누스는 불평이나 잔소리 한마디 없이 끝까지 참을성 있게 들어주었다.

"시간을 예약해둬도 되고 그냥 원하는 때에 와도 돼. 어떻게 할래?"

나는 그냥 오고 싶을 때 오겠다고 대답했다.

가슴이 뻥 뚫린 기분이었다. 무엇보다 다른 사람들처럼 내 고민을 해결해주려고 하지 않아서 좋았다. 가끔은 편하게 누군가에게 미주알고주알 이야기하고 싶을 때가 있고, 그런 이야기는 부모님이나 친구들에게는 하기 힘들기 마련이다. 그런 것을 이해해주고 언제나 대화할 수 있는 믿음직한 상대가 늘 학교에 있다는 것, 그것이 얼마나 안심되는 일인지 직접 경험해보지 않은 사람은 이해하기 어려울 것이다.

실컷 떠들어대다 나올 때 수업에 빠졌다고 선생님에게 야단맞지 않도록 편지를 내 손에 쥐여준 리누스는 에즈베리의 천사였다.

러브 박스

리누스의 사무실에서 별로 멀지 않은 곳, 학교 곳곳에 있는 게시판 중 하나에는 'LOVE BOX'라는 이름의 빨간 종이 상자가 붙어 있다. 눈에 보이는 글자란 글자는 다 훑고 지나가는 버릇이 있는 나는 미술 수업을 받고 돌아오는 길에 게시판에 붙은 종이들을 읽다가 'LOVE BOX' 앞에 멈춰 섰다.

'솔렌투나에 사는 여자아이들의 모임' 광고물 아래 있는 그 상자 옆에는 말하자면 '안내문'이 붙어 있었다. '사랑, 몸, 성(性)에 관한 질문을 써서 상자에 넣으면 대답해드립니다.' 그리고 그 옆에는 '대답'들이 인쇄된 종이가 붙어 있었다.

나는 일바와 함께 그 질문과 답변을 읽어 내려갔다. 모두 읽었을 때쯤에는 식은땀을 줄줄 흘리며 어색하게 웃을 수밖에 없었다.

"일바, 앗 크눌라(att knulla)가 무슨 뜻이야?"

"그거."

일바의 짤막하고 심드렁한 대답을 이해하는 데는 그리 오랜 시간이 걸리지 않았다. 그 뜻을 문장에 대입해보니 학교에 왜 이런 것이 붙어 있는지 도무지 이해할 수 없는 이상한 질문들이었다.

Q : 평생 그거 하고 살면 불법인가요?

A : 아뇨.

개방적인 스웨덴(스웨덴 사람들은 이런 평가에 질색을 한다)에서 "아기는 어디에서 오나요?", "황새가 물어다줍니다."와 같은 질의응답이 오갈 것이라고는 생각하지 않았지만 그래도 상당히 충격적인 내용이었다.

Q : 여자애들끼리 키스해도 돼요?

A : 네.

Q : 내가 여자애 동그라미에 그거 하면 애가 생겨요?

A : 여자애 동그라미가 뭔데요?

이처럼 괴상한 질문들 사이에서도 압권이 있었다.

Q : 나 심심한데, 나랑 그거 할래요?

A : 싫어요.

학생들이 이런 질문을 진지하게 했을 것이라고는 생각하지 않지만, 그에 대한 답변을 여과 없이 게시판에 붙여놓는 것이 신기하다 못해 황당할 지경이었다. 한국이라면 인터넷에서 화제가 되고 학교가 뒤집어질 일이다.

스웨덴은 성이나 성에 관한 논의에 굉장히 개방적이다. 어린아이들도 남녀 사이의 스킨십을 아무렇지 않게 여긴다. 영화도 폭력적인 것은 높은 관람 등급을 받지만, 성적인 묘사는 상대적으로 낮은 등급을 받는다. 성적인 것을 자연스럽게 여기기 때문이라나? 어쨌든 일부러 쉬쉬하며 숨기는 일은 거의 없다.

얼마 전 NO 수업 중에 잠시 삼천포로 빠지는 바람에, 화제가 되고 있는 임신한 남자에 관한 이야기가 나왔다. 선생님의 말에 따르면, 원래 여자로 태어난 사람이 성형수술을 하고 가슴을 없애는 등 이런저런 과정을 거쳐서 남자의 모습을 갖게 되었다고 한다. 가장 앞줄에 앉아 있던 예니페

르란 여자아이가 손을 번쩍 들고 질문했다.

"그럼 그 남자가 여자친구랑 그거 해서 아기를 가진 거예요?"

NO와 수학을 가르치는 망누스 선생님은 진지한 표정으로 잠시 고민했다.

"원래는 여자였고 자궁은 그대로 있으니까 다른 남자친구의 도움을 받든가 해서 아기를 가진 것이 아닐까?"

"그야 당연하지. 여자랑 여자가 그거 한다고 애가 생기냐!"

다른 남자아이들이 입을 모아 말했다.

이런 일도 있었다. 수학 시간에 방정식을 설명하던 망누스의 입에서 불쑥 "그러니까 뇌를 쓰면 되는 거야, 뇌를!"이라는 말이 튀어나왔다. 말은

:: 사랑, 몸, 성에 관한 어떤 종류의 질문이든 러브 박스에 넣어둘 수 있다.

거기서 끝나지 않았다.

"남자 제군들은 자네들의 뇌 말고 어깨 위의 뇌를 사용하도록!"

그 말에 우리 반에는 수업 진행이 불가능할 정도로 웃음폭탄이 터졌다. 나는 일바에게 다시 설명을 들은 뒤에야 그 농담을 이해할 수 있었다.

여자들의 수다

《글뢰드(Glöd)》라는 잡지 표지에는 웃고 있는 여자아이들의 얼굴과 함께 '여자아이들!'이라는 문구가 씌어 있다. 그 옆으로 '여자들의 수다', '질문 상자: 여자친구가 아기를 가졌어요.', '요한나 & 찰리: 헤어졌다가 다시 시작했어요.', '첫 경험: 어땠는지 에멜리에가 설명합니다.'와 같은 제목이 나열되어 있다.

그런 기사의 제목들은 '낚시'가 아닌 진짜다. 무슨 익명 취재 같은 것도 아니다. 지난 호에는 한 남학생이 나와서 여자친구를 어떻게 만났는지, 첫 경험이 어땠는지, 그 후로 어떻게 헤어졌는지를 아주 평범한 일기처럼 쓴 글이 실렸는데 이번 호에는 그 여자친구가 쓴 글이 실렸다. 얼굴, 이름, 나이, 학교까지 당당하게 밝히는 데 그저 어안이 벙벙할 뿐이다.

독자들이 편지를 써서 보내면 각 분야의 전문가들이 답변을 쓰는 코너도 있다. 부모님과의 불화, 할머니가 돌아가신 뒤의 슬픔, 부모님에게 이

성친구를 숨겨야 하는 상황 등등. 실제로 여자친구가 임신한 것 때문에 고민하는 남학생도 친절한 답변을 받았다.

참고로 가브리엘라라는 여자아이가 보낸 질문과 마르가레타 베리그렌이라는 심리학자의 답변을 옮겨보았다.

안녕하세요?

아빠가 무서운 것이 정상인가요? 아빠가 저한테 소리를 지르는 게 싫어서 잘못하지 않으려고 늘 노력해요. 아빠도 자신의 감정을 조절하는 데 문제가 있다고 고백하셨어요. 아빠가 부순 리모컨만 몇 개고 전에는 제 옷장 문까지 부쉈어요. 제 남동생의 머리를 벽에다 몇 번이나 찧기도 했고요. 엄마는 아빠 때문에 자주 우세요. 도와주세요, 정말 무서워요!

가브리엘라에게

아이들은 부모를 두려워해야 할 이유가 전혀 없습니다. 아이들의 권리 가운데 하나는 편안하고 마음이 놓이는 곳에서 자라는 것입니다. 아빠를 무서워해야 할 이유 역시 없습니다. 어른스럽게 자신의 감정을 조절하는 법을 배워야 하는 것은 아빠 쪽입니다. 물건을 부수거나 문을 걷어차는 것은 어른스러운 행동이 아니죠. 부모가 아이들을 신체적으로 학대하는 것 역시 금지되어 있습니다. 물론 벽에다가 아이의 머리를 찧는 것도 마찬가지고요. 학생과 학생의 가족은 도움이 필요합니다. 엄마와 대화하는 것으로 시작하세요. 이곳에 보낸 편지와 제 답변을 보여주세요. 엄마는 가브리엘라가 이 상황에 대해 어떻게 느끼는지 알아야 하고, 부모로서 어떤 행동을 취해야만 합니다. 아빠 역시 자신의 행동이 아이들에게 어떤 영향을 미치고, 어떻게 아이들을 아프게 하는지 알아야 합니다. 엄마가 돕지 못할 것 같으면 복지국 직원이나 학생 상담소에 도움을 요청하세요. 참지 마세요. 가브리엘라에게도, 가브리엘라의 동생에게도, 부모님에게도 전혀 도움이 되지 않는 일입니다.

마르가레타

여성과 아이들의 천국이라는 스웨덴에도 자신의 화를 주체하지 못하고 난동을 부리는 부모가 있는 것 같아 마음이 씁쓸했다. 리누스가 말한 '심각한 일'은 이런 것이 아닐까? 그래도 고통받는 아이들이 마음을 털어놓을 곳이 있어서 정말 다행이다.

내가 흥미롭게 본 것은 '여자들의 수다'였는데, 세 명의 10대 여학생들이 남자 독자들로부터 진솔한(?) 질문을 받아서 대답하는 방식이었다.

"어째서 여자들은 나쁜 남자를 좋아하나요?"

"여자들은 짧은 옷을 자주 입는데, 왜 우리가 쳐다보면 기분 나빠해요?"

"이성과 친구로 지내는 게 어려운가요?"

"성에 관해 자주 생각해요?"

"포르노그래피에 대해 어떻게 생각해요?"

"남자친구가 그런 걸 본다면 어떻게 할 거예요?"

"왜 분홍색을 좋아해요?"

"원래 예쁜데 왜 화장을 해요?"

"왜 털을 깎아요?"

"깎는 거랑 정글인 거랑 어느 게 더 나아요?"

"남자를 볼 때 무엇을 제일 먼저 보세요?"

지나가는 여성을 붙잡고 물어보기에는 곤란한 질문에 대답한다는 발상이다. 어떻게 보면 조금 진부하지만, 한국 여자아이들과 스웨덴 여자아이들의 생각이 얼마나 다른지 비교하면서 보니까 나름대로 재미있었다.

외국에 나와 살면서 가끔 문화의 차이를 온몸으로 느끼고는 한다. 성이나 남녀 관계에 대해 폐쇄적인 한국에서 살다가 스웨덴 사람들을 보면 당황스러울 때도 있다. 적어도 한국에서는 학교에 상주하는 카운슬러를 찾아가서 이성 친구 문제를 1시간 30분 동안 늘어놓기는 힘들 것이다.

한국의 선생님들 잘못만은 아니라는 것을 잘 안다. 하지만 리누스에게 말하듯이 하면 10분도 지나지 않아 "너는 왜 쓸데없는 일 갖고 걱정을 사서 하는데? 빨리 가서 수업이나 받아!"라는 면박을 받지나 않을까.

한국의 뉴스를 보고 있으면 보다 정확하고 실질적인 성교육이 필요하다는 생각을 부쩍 자주 하게 된다. 내가 한국에서 받았던 성교육이라고는 "이상한 사람들을 조심하자!" 정도가 전부였다.

무작정 숨기고 부끄러워하는 것으로는 아무것도 해결되지 않는다. 숨기기만 하면 결국은 그릇된 방법으로 정확하지 못한 상식을 갖게 될 뿐이다. 상처가 났을 때 밴드를 붙이면 우선은 상처가 가려지고 덜 아픈 것처럼 느껴지지만, 결국 그 상처가 짓물러 상처를 더 악화시킬 뿐임을 우리는 잘 알고 있다.

마음껏 꿈꿔도 괜찮아

언젠가 친구들에게 꿈이 무엇인지 물어본 적이 있다. 어른이 되어서 무엇이 되고 싶은지, 어떤 직업을 갖고 싶은지 따위를 물었던 것 같다. 스웨덴 아이들에게서 '수상'(스웨덴은 대통령이 없으니까)이나 '판·검사' 따위가 나오리라고 예상하지는 않았지만, 뜻밖의 답변이 많았다.

무엇을 하든 그 분야에서 일인자가 될 것 같은 알란은 내 예상과는 다르게 소박한(?) 장래 희망을 갖고 있었다. 외과 의사. 그것도 응급실에서 일하는 의사가 되고 싶다고 했다. 뜻밖이었다. 아마도 내 머릿속에 남아 있는 한국적 사고 탓일 게다. 공부도 잘하고 똑똑한 아이라면 당연히 돈을 많이 벌거나(스웨덴에서 의사는 돈을 많이 버는 직업이 아니다) 뭔가 거창한 꿈을 가졌으리라고 지레짐작을 한 것이다. 스웨덴에 살면서도 아직까지 가끔 이런 착각을 하고 있는 나 자신이 한심하다.

물론 알란의 꿈이 언제 바뀔지는 모른다. 외과 의사가 되어서 몇 개월 만에 재미없다며 병원을 뛰쳐나와 국회의원 선거에 출마해도 전혀 이상하지 않을 것 같은 아이라 특별히 걱정이 되지도 않는다. 어느 날 《이코노미스트》 표지에서 알란의 웃는 얼굴을 발견해도 심드렁하게 넘길 수 있을 정도라면 알란이 어떤 아이인지 짐작할 수 있을까?

그에 비해 알란의 단짝이자 나의 철천지원수(?) 보그단의 꿈은 초단위로 바뀌는 것 같다. 어느 날은 프로그래머가 되고 싶다고 하다가(가장 싫어하는 과목이 수학과 기술이니 아이러니도 이런 아이러니가 없다), 또 어느 날은 프로게이머가 되고 싶다고 하고, 또 어느 날은 무슨 바람이 불었는지 영화감독이 되고 싶다고 한다. 미국의 리얼리티 쇼 〈캅스〉를 본 뒤에는 뉴욕 경찰이 되어서 매일 도넛만 먹고 살겠다고 한 적도 있다. 나중에 무엇이 될지 예상하기 힘든 점에서는 알란보다 더 대단하다.

자타공인 미소녀 야사만은 대뜸 돈 많은 남자와 결혼해서 잘 사는 것이 꿈이라고 했다. 사실 야사만은 굉장히 똑똑하다. 내가 일주일 내내 공부한 것을 시험 직전에 교과서 한 번 훑어보고도 나와 비슷한 점수를 받을 정도다. 그런데도 공부라면 고개를 절레절레 젓는다. 그냥 외우는 건 잘하지만 그게 무슨 뜻인지 이해할 수 없다나 뭐라나. 농담이지만 잘난 척하는 것 같아 몹시 분해한 적도 있다.

내 단짝이었던 엘레인은 슈퍼모델이 되고 싶다고 했다. 모두가 부러운 눈길로 우러러보는 그런 슈퍼모델, 수많은 런웨이를 누비고 수많은 패션지를 점령하고 화려한 조명을 받으며 사는 것이 목표라고 한다. 기왕이면 잘생긴 남자친구도 있으면 좋겠다는 말도 덧붙였다. 사진 찍히는 것도 좋아하고 패션에도 관심이 많으니 어쩌면 당연한 꿈인 것도 같다.

사요라는 기차 운전사가 되고 싶다고 했다. 커다랗고 긴 기차를 직접 운전하는 것이 굉장히 신나는 일이라고 생각하는 것 같았다. 사요라는 활발하고 성격도 화통하니 기관사가 되면 굉장히 멋질 것 같다.

가장 의외는 사바였다. 공부도 둘째가라면 서러울 만큼 열심히 하지만 대학에 갈 생각이 없단다. 사바라면 당연히 고등학교도 대학교도 유명한 곳으로 가서 이름을 떨칠 거라고 생각했는데 왜 그런지 모르겠다.

일바는 특별히 무언가가 되고 싶은 생각이 없다. 그림 그리는 것을 좋아하니 그쪽 방면으로 공부해보는 게 좋지 않겠냐고 말했더니, 자신은 그저 낙서하는 것을 좋아할 뿐이라며 고개를 저었다. 그래도 무엇을 하든 아시아 쪽으로 가서 일하고 싶단다. 아시아에 대한 열정에는 혀를 내두를 수밖에 없었다. 일바가 아시아에 갖고 있는 막연한 환상이 곧 깨지기를 바랄 뿐이다(일바는 여전히 한국 남자들은 모두 굉장히 귀여운 미남이라고 믿고 있다. 거기에는 얼마 전에 같이 식사를 한 한국에서 온 나의 사촌 오빠도 일조를 했다). 일바는 용을 그리는 실력이 탁월하고, 무엇보다 아시아 문화에 관심이 많으니 동양화를 배우면 좋을 것 같다.

이렇게 스웨덴 중학생들도 꿈을 꾼다. 그 아이들의 꿈은 실현할 수 있

:: 바이올린을 하면 마음이 차분해진다

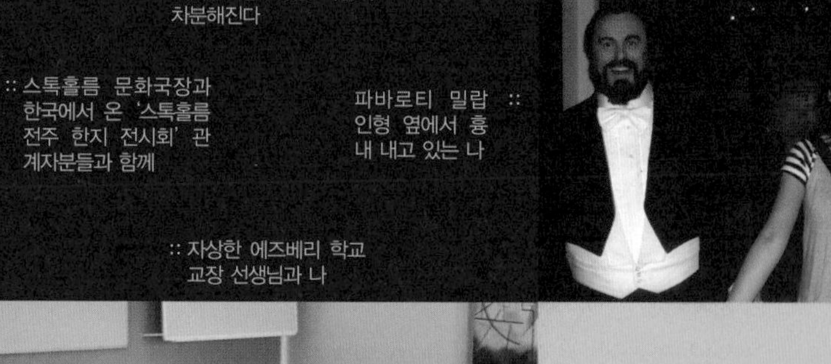

:: 스톡홀름 문화국장과 한국에서 온 '스톡홀름 전주 한지 전시회' 관계자분들과 함께

파바로티 밀랍 인형 옆에서 흉내 내고 있는 나 ::

:: 자상한 에즈베리 학교 교장 선생님과 나

는 것이 많고, 한국 학생들의 꿈은 현실의 벽에 부딪혀 포기해야 할 것이 많다는 것 정도가 차이일까?

뭐든 할 수 있을 것 같아

한국에 있을 때만 해도 내 꿈은 상당히 소박했다. 하지만 스웨덴에 오고 나서 생각이 확 바뀌었다. 무엇이든 할 수 있을 것 같다. 내가 비록 스웨덴 사람도 아니고 돈이 많은 것도 아니지만 노력만 하면 호텔 지배인이 될 수도, 통계학자가 될 수도, 회사 CEO가 될 수도, 자동차 수리공이 될 수도 있는 것이다. 갑자기 눈앞에 펼쳐진 수많은 선택권에 어지러울 지경이다.

나는 원래 한 곳에 있는 것을 싫어해서 고등학교만 졸업하면 스웨덴이 아닌 다른 곳에 가서 공부를 계속하고 싶었다. 그런 결심을 더욱 굳게 해 준 것이 바로 유엔에 관한 책이었다. 비록 자신의 역할을 다하지 못한다고 원성을 듣는 유엔이지만, 부족함을 채워나가는 것도 의미 있는 일일 것이다. 전 세계 각지에서 온 유능하고 똑똑한 사람들도 만날 수 있고, 언어 방면에 뛰어난 내 소질을 살릴 수도 있을 것이다. 사회학과 경제학에 대한 많은 관심도 그쪽 방면으로 진출하는 데 도움이 될 것이다.

유엔에 근무하면 무엇보다 내가 정말로 돕고 싶었던 사람들을 도울 기회가 생겨서 좋을 것 같다. 올바르지 못한 지도자들끼리의 싸움에 휘말려 이리 치이고 저리 치이는 난민들, 항생제를 구하지 못해서 손을 쓰지 못한 채 죽어가는 오지의 사람들, 최소한의 필요한 교육도 받지 못하고 소외되어 있는 사람들……. 그런 사람들에게 내가 도움이 될 수 있지 않을까?

내가 한국에 살아도 이런 꿈을 가질 수는 있겠지만, 유엔의 직원이 되기 위한 실질적인 노력을 하기는 어려울지 모른다. 아무래도 남을 위한 봉사보다는 자신의 발전에 좀더 많은 관심을 쏟게 하는 환경 때문이다. 하지만 이곳에서는 이상하게도 자신감이 생긴다. 노력만 하면 무엇이든 할 수 있다는 용기가 생기는 것이다. 유엔에서 꼭 필요한 프랑스어도 배울 생각이다. 피상적이고 감상적으로만 생각했던 것에 대한 후회가 있을 수도 있고, 힘들고 고통스러운 현실을 보는 것이 괴로워서 그만두고 싶은 생각이 들 수도 있겠지만 잘 극복해 나가리라고 믿는다.

이런 나의 희망에 대해 용기를 북돋워주고 편안하게 살 수 있는 다른 직업을 찾아보라고 닦달하지 않는 부모님이 정말 고맙다.

스웨덴의 학교 프로그램과 진로선택

내가 다니는 에즈베리 학교는 7 · 8 · 9학년으로 이루어져 있다. 하지만 인근 지역에는 유치원부터 6학년까지만 가르치는 학교도 있고, 유치원부터 고등학교까지 가르치는 큰 학교도 있다. 소피에룬드 학교에서는 다기스(Dagis, 1~5세 정도의 아이들을 위한 보육시설)에서 9학년까지 같은 지붕 아래에서 공부했다. 이처럼 초·중·고등학교가 정확하게 나뉜 한국과 스웨덴의 학제는 다른 점이 많다.

스웨덴에도 공립학교와 사립학교의 구분이 있지만 무료 교육을 포함하여 별다른 차이는 없다. 국가에서 운영하는 무료 국제학교도 있지만, 일정 기간 근무하는 상사원이나 외교관 자녀 등을 위한 국제학교는 따로 돈을 내야 한다.

성적 평가

에즈베리는 전형적인 스웨덴 공립학교다. 스웨덴에서 인기가 높은 과목인 영어와 체육 특별반이 있고, 시도 때도 없이 학생을 달리게 하는 점에서 더더욱 그렇다(나는 아직도 숲에서 7.5킬로미터를 달렸던 살인적인 오래달리기를 잊지 못한다).

일반적인 반은 7A, 7B처럼 알파벳순으로 구분한다. 하지만 7E나 7I 같은 경우에는 각각 영어 특별반(Engelska profil)과 체육 특별반(Idrotts profil)의 머리글자를 딴 것이다. 특별반은 7학년에 입학하기 전인 6학년 때부터 미리 신청서를 내야 하고, 사전에 시험을 거쳐 실력이 입증되는 학생들만 뽑는다. 일단 들어간 뒤에는 특별한 사정이 없는 이상 3년간 똑같은 코스를 밟아야 한다. 자신이 원해서 들어가기 때문에 특별반의 학생들은 대체로 공부를 열심히 한다는 것이 일바의 설명이다. 말이 특별반이지 정확하게 말하면 일종의 '코스'라고 할 수 있다.

영어 특별반은 영어로 일부 과목의 수업을 듣고, 체육 특별반은 말 그대로 체육 수업을 많이 한다. 체육을 좋아하는 일바는 체육 특별반을 볼 때마다 "저 반은 정말 잘해야지 들어갈 수 있어."라며 부러운 눈길을 보낸다. 일주일에 두 시간 체육 수업을 받는 것만으로도 지쳐버리는 나는 도무지 일바의 심리를 이해할 수가 없다. 일바 역시 허구한 날 영어 특별반에 들어가고 싶다고 난리를 떠는 나를 이해하지 못할 것이다. 그래도 그렇지, 다섯 명 중 한 명은 목발을 짚고 다니는 반에 들어가고 싶다니, 참 알 수 없는 일이다.

스웨덴에서는 선생님이 상당히 많은 부분을 결정한다. 교과 과정이나 시험 같은 경우가 그렇다. 그래서인지 "선생님을 잘 만나면 천국, 잘못 만나면 지옥"이라는 말이 학생들 사이에서 떠돈다. 좋은 예로 우리 학교의 영어반을 우수한 성적으로 졸업한 한인교회의 한 오빠는 2차 세계대전에 관한 영어 에세이를 두 시간 동안 써야 했다고 한다. 처음부터 신청하지 않았다는 이유로 보기 좋게 퇴짜 맞은 내 입장에서는 일어나지도 않은 3차 세계대전에 관한 에세이를 다섯 시간 동안 쓰라고 해도 좋으니 영어 특별반에 들어가고 싶은 마음뿐이다.

스웨덴 학교에서의 성적 평가는 과목을 불문하고 MVG, VG, G, IG로 나뉜다. 일반적으로는 90~100퍼센트의 정답률이 MVG, 75~89퍼센트가 VG, 50~74퍼센트가 G이며, 그 아래로는 IG, 낙제점이다. 물론 정확한 기준이 없는 에세이의 경우 과목을 담당하는 선생님이 전적으로 결정한다.

고등학교 입학 원서를 넣을 때 사용되는 이러한 성적들은 학교마다 요구하는 점수가 다르다. MVG가 20점, VG가 15점, G가 10점, IG가 0점으로, 이 점수를 9학년 때 모아서 고등학교를 결정하게 된다. 그 중 원하지 않는 한 과목의 점수를 제외할 수 있으며, 8학년 성적은 포함하지 않는다. 전체 점수는 320점 만점이다.

점수가 반영되지 않는 학년은 부모님과의 상담을 통해 나름대로 관리를 하고 있으며, 스웨덴어 같은 과목에서는 학생이 쓴 글 한 편과 소견 등을 복사해서 우편으로 부모님에게 보내주는 등 각별히 신경을 쓰고 있다.

누구도 만족하기 힘든 수업 시간표

잘해도 욕먹고 못해도 욕먹는 사람은 어디에나 있게 마련인데, 우리 학교에서는 시간표를 짜는 선생님이 딱 그 짝이다. 특히 우리 7B반 학생들은 화요일 8시 20분부터 9시 50분까지 음악 수업을 한 뒤, 쉬는 시간 없이 바로 1시간 20분짜리 영어 수업을 들어야 하는 것 때문에 아우성이었다.

하지만 나는 그 불평에 공감할 수 없었다. 분명히 음악 수업과 영어 수업 사이에는 10분의 공백이 있기 때문이다. 게다가 영어 수업은 중간에 쉬는 시간까지 있다. 하지만 학생들은 사실상 쉴 수 있는 시간이 10분이 안 된다고 주장했다. 학교가 상당히 넓어서 생기는, 현실적이지만 우스꽝스러운 이유였다.

한국은 수업이 끝난 뒤에 그 자리에 앉아서 가만히 기다리면 선생님이 들어오지만, 여기서는 10분 동안 발에 땀이 나게 '교실 찾아 삼만리'를 해야 한다. 마치 대학처럼 자신이 들어야 하는 과목의 교실을 직접 찾아야 하는 것이다. 그러니 다른 건물에 위치한 음악실에서 수업을 마치고 C건물로 돌아오면 이미 쉬는 시간의 반은 지나 있고, 사물함을 뒤져 곰팡이가 슬기 직전인 영어책을 꺼내서 바로 수업을 시작해야 하니까 쉬는 시간이 없다는 말이 완전히 틀린 것은 아니다.

나 역시 전학 온 첫 주에 다섯 개 정도의 수업을 '교실을 찾지 못해서' 놓쳤던 적이 있다. 선생님조차 이 시간표가 바보 같다고 인정했다. 선생님의 이런 태도가 조금 의외였지만, 곰곰이 생각해보면 모든 학생들을 만족시킬 수 있는 시간표를 짜기란 절대 쉬운 일이 아니다.

나와 달리 다른 학생들은 시간표 짜는 선생님의 고충 따위는 조금도 알아주지 않고 쉬는 시간을 더 달라고 외쳐댄다. 한국의 선생님들 같았으면 도저히 참고 봐줄 수 없을 정도로…….

스웨덴에서는 교과서를 학교에서 무료로 지급한다. 매년 새 교과서를 나눠주는 것이 아니라 선배들이 쓰던 것을 물려받는다. 한 번 쓰고 버리기에는 종이의 질이나 인쇄 상태가 상당히 좋기 때문이다(백과사전 같은 미국의 교과서보다 좋은 것 같다). 예를 들어 내가 쓰는 수학 교과서는 320쪽짜리 올 컬러인데, 종이가 매끌매끌하고 질이 좋은 편이다. 이런 책을 한 번 사용하고 버리는 것은 자원 낭비이기 때문에 공책을 사용하는 것이 보편화되어 있다.

학생들은 학교 사물함에 교과서를 넣어두고 다니지만, 굳이 집에 가서 공부를 하기 위해 학교 밖으로 반출하는 것을 말리지는 않는다. 학생 본인도, 부모님도, 선생님까지 모두 무거운 가방을 들고 다니는 것을 반대하기 때문에 나 같은 '범생이'가 아니라면 책을 집에 가져갈 일도 없지만…….

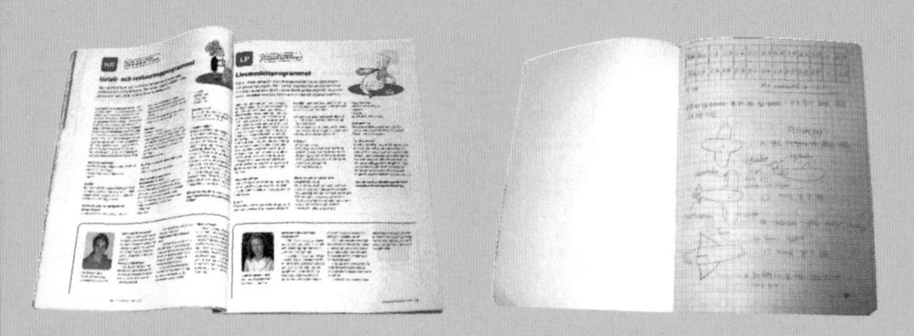

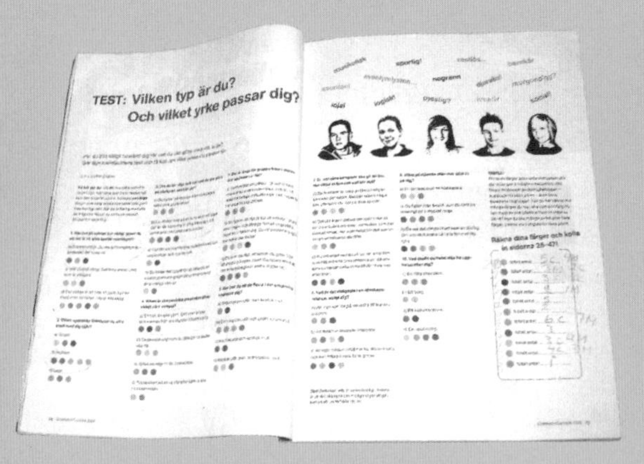

:: 새 학기가 시작될 때 받는 새 교과서는 선배들로부터 물려받은 것이라서 대부분 너덜너덜하고 낙서가 되어 있다. 노트는 학교에서 나눠준다

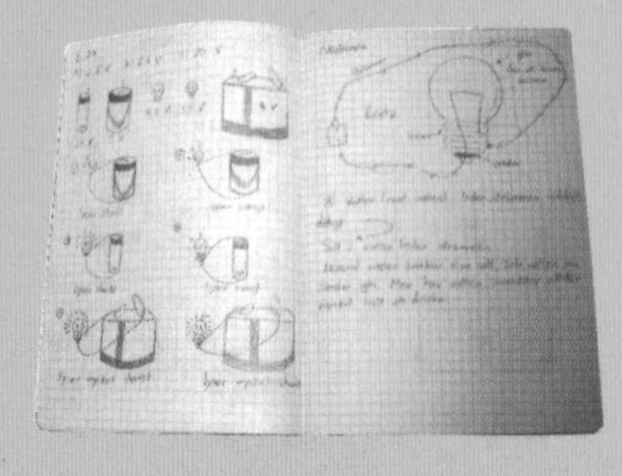

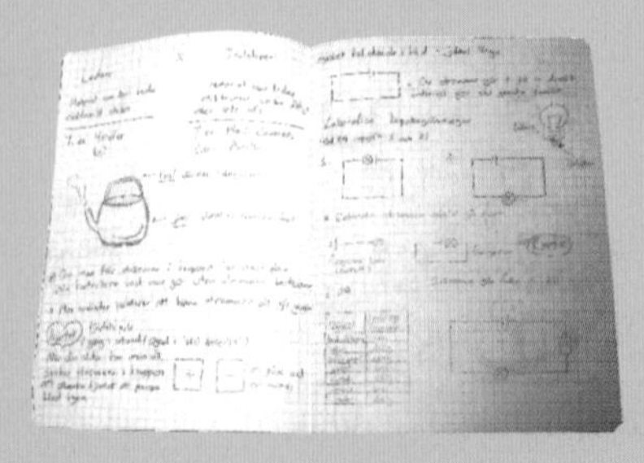

공책은 한국에서 쓰는 것의 3분의 2 크기다. 공책 역시 학교에서 무료로 나누어준다. 스웨덴에서는 공책 값이 너무 비싸기 때문에 사기가 부담스럽다. 공책을 쓰지 않는 과목은 종이를 꽂을 수 있는 바인더를 사용하고, 영어 시간에는 워크북이 딸린 교과서를 사용한다.

학기 말에 교과서와 공책 문제로 조금 놀란 적이 있었다. 청소의 날이어서 자신의 사물함을 깨끗이 비우는 시간이었는데, 친구들이 공책을 모조리 걷어 커다란 쓰레기봉투에 쑤셔넣어 버리는 것이 아닌가? 공책이며 시험지 하나하나 모두 모아두는 나로서는 상상조차 할 수 없는 일이었다. 예습, 복습과는 거리가 먼 나라여서 그런지 이미 끝난 단원의 자료를 가차 없이 버렸다. 선생님들도 그런 행동을 말리지 않았다.

새 학기가 시작될 때 새로 교과서를 받으면 대부분 겉장이 너덜너덜하고 낙서가 되어 있는 경우가 많다. 가끔은 아주 센스 있는 낙서가 있어 웃음을 터뜨리기도 한다. 물리 교과서에 '+' 성질을 띤 물체와 '–' 성질을 띤 물체는 서로 끌어당기고 같은 성질을 띤 물체는 서로 밀어내는 내용이 있었는데, 거기에 연필로 휘갈겨 쓴 낙서가 압권이었다. '+'와 '–'가 서로를 끌어당기는 그림에서는 '+ = 남자', '– = 여자'라고, '+'와 '+'가 서로를 밀어내는 그림에서는 '+ = 남자', '+ = 남자'라고 씌어 있었다. 그 옆에는 아마 그 교과서의 다음 주인이었을 학생이 쓴 '당신 천재'라는 꼬리말이 달려 있었다. 이렇듯 이전 교과서의 주인들이 남긴 흔적을 보는 것도 그다지 나쁘지는 않다.

스웨덴과 한국 교육의 차이

나는 스웨덴과 한국 교육의 가장 큰 차이점을 복장 자율도 학생들의 높은 목소리도 아닌, '학력'에 대한 인식과 실질적인 교육이라고 생각한다.

한국에서는 정말 찢어지게 가난한 사람이 아니면 어지간해서는 고등학교를 졸업하고 대학에 가려고 한다. 또한 특정 대학들을 '일류'라고 부르며 다른 대학은 잡대니 지방대니 하며 깔보는 시각도 없지 않다. 결국 대학에 진학하기 전의 공부는 수능을 잘 보고 유명한 대학을 가기 위한 과정으로 전락해버린 것이 현실이다. 그러면 대학조차 학비가 무료인 스웨덴의 경우는 어떨까? 일단 중학교를 졸업하면 두 가지 선택 사항이 있다.

첫째, 고등학교에 진학한다.

둘째, 당장 일을 시작한다.

물론 중학교를 졸업하고서 특별한 기술이 있을 리 없으니 대부분은 고등학교 진학을 택한다. 하지만 고등학교를 졸업한 뒤에 공부를 계속하느냐는 선택 사항이다. 대학에 진학하지 않고 당장 직업 전선에 뛰어들어도 상관없다. 스웨덴의 고등학교는 이것이 가능하도록 매우 잘 프로그래밍되어 있다.

일단 고등학교의 교과 과정은 직업 선택을 다양하게 할 수 있도록 세분화되어 있다. 말하자면 '전공'이다. 그리고 학생은 자유롭게 자신이 들을 수업을 결정할 수 있다. 물론 스웨덴어, 영어, 수학, 체육 같은 과목은 모든 학생들이 듣는다.

아래는 스웨덴의 고등학교 프로그램들이다.

Barn-och fritidsprogrammet(어린이와 여가 프로그램)

Byggprogrammet(건축 프로그램)

Elprogrammet(전기 프로그램)

Energiprogrammet(에너지 프로그램)

Estetiska programmet(예술 프로그램)

Fordonsprogrammet(탈것 프로그램)

Handels-och administrationsprogrammet(상업과 경영 프로그램)

Hantverksprogrammet(손작업 프로그램)

Hotell-och restaurangprogrammet(호텔과 레스토랑 프로그램)

Industriprogrammet(산업/공업 프로그램)

Livsmedelsprogrammet(요리 프로그램)

Medieprogrammet(미디어 프로그램)

Naturbruksprogrammet(자연 프로그램)

Naturvetenskapsprogrammet(과학 프로그램)

Omvårdnadsprogrammet(간병/간호/보육 프로그램)

Samhällsvetenskapsprogrammet(사회학 프로그램)

Teknikprogrammet(기술 프로그램)

이상의 국가 프로그램 이외에도,

Individuella program(개별 프로그램)

International Baccalaureate(국제 학사 학위 프로그램)

등의 전공이 있다. 자신이 원하는 직업을 겨냥해 중점적으로 공부할 수 있는 체계가 고등학교부터 마련되어 있는 것이다.

한국처럼 '인문계'와 '실업계'의 구분은 거의 없다. 굳이 따지자면 위의 프로그램 중 사회학, 과학, 미디어, IB(국제 학사 학위 프로그램)가 인문계에 가깝다고 할 수 있다. 이 전공을 선택하는 학생들은 대부분 고등학교 졸업 후 대학이나 단과대학에 진학할 뜻을 갖고 있으며, 상대적으로 더 많은 학습량을 감수해야 한다. 특히 모든 수업을 영어로 진행하는 IB의 경우에는 정말로 많은 노력을 요구하지만, 전 세계의 대학에서 이수자를 환영하니 그만큼 가치가 있다.

그렇다고 해서 다른 프로그램을 선택한 학생들을 '실업계' 라고 단정 짓기도 어렵다. 이들 역시 졸업 후 바로 일을 시작할 수 있을 뿐만 아니라, 공부를 계속할 수도 있다. 전적으로 학생의 마음에 달린 것이다.

학교도 '인문계 학교'와 '실업계 학교'로 나누기가 쉽지 않다. 예를 들어 어떤 고등학교는 사회학과 과학뿐 아니라 기술 · 손작업 · 건축 · 전기 · 상업과 경영 · 개별 프로그램 등 넓은 범위를 다루고, 어떤 고등학교는 예술 관련 분야만 다룬다. 또 다른 고등학교는 건축과 의료, 또는 기술만을 집중적으로 가르치기도 한다. '직업 전문 고등학교'라는 이름을 단 고등학교도 있다.

학교에 비치되어 있는 두꺼운 잡지, 《고등학교 가이드》에는 고등학교 및 직업, 자취 생활 정보와 자신에게 맞는 프로그램을 귀띔해주는 테스트가 매우 자세하게 나와 있다. 그리고 고등학교에 진학한 학생들이 자신의 경험담과 조언을 풀어놓는다.

스웨덴 학생들의 장래 희망은 매우 다양하다. 버스 운전사, 스튜어디스, 경찰, 사진사, 농부, 수의사, 건축가, 디자이너, 간호사, 유치원 교사, 요리사, 드럼 연주가, 무용수 등등……. 한국에서는 초등학생도 말하지 않을 장래 희망도 많지만 스웨덴 학생들은 진지하게 자신의 미래를 고민한다. 그리고 이들은 당장 일선에 뛰어들 수 있을 만큼의 교육을 고등학교에서 받는다.

물론 원하면 대학에 진학할 수도, 유학을 갈 수도 있다. 자신이 하고 싶은 것을 이루기 위한 실질적인 공부를 하는 것이다. 그래서 대학에서의 학구열도 매우 높은 편이다. 길거리에서 노는 애들은 모두 중학생 아니면 고등학생이고 대학생들은 집에 박혀서 공부만 한다는 우스갯소리가 괜히 나도는 것이 아니다.

점수 따라 의사, 변호사, 공무원 등으로 갈리는 것이 아니라, 자신이 정말 원하는 것을 배우고 차별받지 않고 직업을 선택할 수 있는 것, 이것이

:: 스웨덴에서 고등학교 졸업 퍼레이드는 큰 행사이다. 시민들이 나와 환영한다

진정한 교육의 사회적 의미이자 목표가 아닐까?

노력과 열정이 있으면

"노력과 열정이 있으면 네가 원하는 무엇이든 할 수 있다."

소피에룬드 학교의 잉겔라와 린다, 에즈베리 학교의 이다에게서 반복해서 들은 말이다. 나는 이 문구를 좋아한다. 돈이 없어도, 인맥이 없어도, 엄청나게 뛰어난 두뇌가 아니더라도 자신이 원하는 것을 이루기 위해 노력하는 열정이 있으면 무엇이든 될 수 있다고 믿기 때문이다.

억지로 스웨덴의 교육 방식을 찬미할 생각은 없다. 또한 한국의 현실적인 교육 환경을 모조리 부정하며, 스웨덴의 교육 현실과 대입하여 우격다짐으로 트집 잡을 생각도 없다. 다만 내가 느끼기에 스웨덴의 교육 방식이 보다 인간적이고, 그런 교육을 받은 사람들로 이루어진 사회이기에 오랫동안 건강한 복지국가가 유지되는 게 아닐까 생각할 뿐이다.

내 주변의 사람들은 그 꿈이 무엇이든 나의 꿈을 존중할 것이다. 돈을 많이 벌고 떵떵거릴 수 있는 직업이 아니라고 침 튀겨가며 말리지도 않을 것이다. 선생님들은 날 도와주고, 친구들은 날 응원할 것이다. 그렇기에 나는 2년 뒤 내 적성과 능력, 그리고 소질에 맞는 진로를 정하는 데 아무런 망설임이 없을 것이다.

평등을 가르치는 학교

한국에서 초등학교를 다닐 때 학급 회장이란 말하자면 만민의 심부름꾼이었다. 담임 선생님은 뭔가 필요할 때마다 으레 회장이나 부회장을 불렀고 아이들도 그것을 당연하게 여겼다. 선생님이 안 계신 동안 떠든 사람 이름을 적는 일도 회장의 일이어서 친구들에게 미움 받기 일쑤였다.

그렇다고 그 회장이라는 직책에 뭔가 특별한 권력이 주어지는 것도 아니었다. 전교 회장조차 인기투표의 확대판이었고, 내가 기억하는 전교 회장은 학교에서 가장 예쁜 언니였다(나는 사진을 보자마자 그 언니의 승리를 직감했다). 그리고 그 예쁜 언니는 전교 회의에서 "회의 따위 집어치우고 수다나 떨자."고 했다가 회의를 녹화하고 있던 선생님에게 된통 혼이 났다. 각 학급 회장과 부회장들은 약속이라도 한 듯 하나같이 힐난의 시선을 던졌지만, 얼마 지나지 않아 전교 회의는 회장 언니의 말대로 되었다.

당시 전교 회의는 회의일지를 채우는 것 이외에 아무런 역할과 기능이 없었다. 우리는 그 회의를 통해 벽에 붙은 포스터 하나 떼는 것조차 결정할 수 없었다. 그럼에도 모두가 피자와 사탕을 돌려가며 회장이며 부회장이 되고 싶었던 이유는 무엇일까? 아무 생각 없이 출마해서, 아무 생각 없이 회장이 되고, 아무 생각 없이 임기를 끝낸 내가 이해할 수 없는 무언가가 있었으리라 짐작할 뿐이다.

이런 과정들을 돌이켜보면 한국의 국회의원 선거가 떠오른다. 하지만 한국의 국회의원과 달리, 회장은 권리는 없으면서 의무는 많은 자리였다. 그리고 당선된 직후부터 호칭은 이름 대신 '회장'으로 바뀌게 된다.

회장과 대표

각 학급에서 뽑힌 대표자들이 정기적인 모임을 갖는 점에서 스웨덴의 전교 회의 역시 한국과 다를 것이 없다. 초등학교도 중학교도 마찬가지다. 하지만 회의에서 결정되는 안건들은 상상을 초월한다. 학기 말에 나눠주는 익명의 설문지에서 "전교 회의의 권력이 강한 것 같습니까, 약한 것 같습니까?"라는 질문이 나올 정도다.

스웨덴 학교에서는 학급 대표자가 선생님의 개인 심부름을 하는 것은 상상조차 할 수 없는 일이다. 그들은 단순히 '대표자'일 뿐이다. "학급 대표가 시험 점수가 이게 뭐냐?"라는 어처구니없는 비판을 하는 사람도 없다. 스웨덴 학교가 성적에 관대한 것도 이유겠지만, 나는 학생과 선생님의 관계가 더 큰 이유라고 생각한다.

옛말에 스승의 그림자도 밟지 말라고 했다. 지금이야 그 정도까지는 아니고 반항하는 학생들도 많지만 한국에서는 기본적으로 선생님과 학생의 관계는 상명하복이었다. 선생님의 말씀이 곧 법이었고, 선생님이 시키는 것은 군말 없이 해야 마땅했다. 그것이 '회장'들이 맡아 하는 자잘한 심부름이건, 공부를 제대로 하라는 것이건 마찬가지였다. 선생님이 학생을 세워놓고 훈계를 하는데 거기에 학생이 반박할 여지는 거의 없었다. 변명이라면 또 모를까?

하지만 스웨덴에서 선생님과 학생의 관계는 평등에서부터 시작한다. 그들은 서로 이름을 부르고, 뭔가가 필요할 때는 서로 의견을 묻고, 어떤 일을 잘못하면 책임도 당사자가 진다. 심지어 존댓말조차 없다. 물론 한국어처럼 뚜렷한 존댓말, 반말 구분이 있는 것은 아니지만 상대를 칭할 때 조금 더 정중한 호칭은 분명 있다.

나는 담임 선생님 이다에게 호칭에 대해 물어본 적이 있다. 물론 이다는 쓰던 대로 쓰라고 대답했다. 그런 호칭은 너무 구식이라나? 사람을 단수(Du)가 아니라 복수(Ni)로 취급해야만 꼭 그 사람을 존중하는 것은 아니라고 했다. 나는 거기에 동의한다. 아무리 '님' 자 붙여가며 공손한 존댓말을 써도 서로를 배려하고 존중하지 않으면 예의 바르다고 할 수 없는 것이다.

일바의 기행

나는 수학 겸 NO 선생님인 망누스의 수업을 좋아한다. 망누스는 속사포처럼 말하는데 가끔 던지는 농담이 배꼽 빠지게 우습다. 가르치는 과목이 아이들이 혐오하는 과목 1, 2위라서 그다지 인기 있는 선생님은 아니지만, 설명을 아주 쉽게 하는 점이 좋다. 특히 한국 학원에서 배우면서 그냥 외우고 지나갔던 함수식을 쉽게 풀어서 설명해주어 큰 도움이 되었다. 일상생활에서 쉽게 볼 수 있는 물건이나 사람을 예로 들어 설명해주니 머리에 쏙쏙 들어왔다.

한번은 일바가 수업이 끝난 뒤 수학 선생님 망누스에게 불려간 적이 있다. 일바는 수학 책을 보는 것도 수업을 듣는 것도 싫어했다. 심지어는 망누스를 쳐다보는 것도, 망누스가 하는 말을 듣는 것도 싫어했다. 체육을 싫어하는 내가 체육 선생님이 눈에 보이면 열심히 도망가는 것과 비슷한 이치일까?

일바는 망누스가 어째서 자신을 불렀는지 반쯤은 예상하고 있는 눈치였다. 나는 그때 사람이 정말로 언짢으면 어떤 표정으로 변하는지 직접 체험했다. 하지만 그런 일바에 비해 망누스는 매우 온화하고 차분한 표정으로 빙긋 웃고 있었다. 일바가 딱딱한 표정으로 망누스 앞에 서자, 권투 경기의 막을 올리는 종소리가 들리는 것 같았다.

"일바, 넌 나와 수업을 하는 게 싫은 모양인데 다른 수학 수업을 들어보는 게 어떨까?"

"싫어요."

"하지만 계속 그렇게 수업을 거부하면 배우는 게 아무것도 없잖아?"

"싫어요."

"수학 선생님이 나만 있는 것도 아니니까……. 라나랑 같이 안-샬롯의 수업에 들어가면 좋을 것 같다."

"싫어요. 난 절대로 보충 수학 수업은 안 들을 거예요."

거기까지 들은 나는 상황을 쉽게 이해할 수 있었다. 일바는 대부분의 수업에 취미가 없었고, 특히 수학은 아예 책을 들여다보지 않았다. 솔직히 말하면 일반적인 수학 수업을 들을 만한 실력이 안 되었다. 시험은 도대체 어떻게 통과하는지 신기할 뿐이다.

내가 온 뒤로 일바가 수학 공부를 하지 않는 것이 더 눈에 띄었을지도 모른다. 나는 시도 때도 없이 망누스를 불렀고, 망누스는 내 질문에 답하러 올 때마다 옆에서 공책에 낙서를 하고 있는 일바를 보았을 테니까.

망누스의 요지는 수학 과정에서 도움이 더 필요한 학생들이 들어가는 보충 수학반(Extra matte)으로 옮기는 것을 생각해보라는 것이었다. 그러

:: 망누스 선생님의 수학 시간

나 일바는 자존심이 매우 강한 아이였다. 내가 몇 번이나 어째서 10퍼센트와 10분의 1이 같은 것인지 망누스에게 물어보라고 사정하다시피 할 때도 "창피해."라는 한마디로 일축해버릴 정도였다.

망누스는 좋은 말로 설득을 하고, 일바는 기계적으로 "싫어요."를 반복하는 설전이 끝나자마자 일바는 화난 곰 같은 표정으로 휙 나가버렸다. 나는 이도저도 못한 채 교실에 남아 있었다. 망누스는 처음과 조금도 달라지지 않은, 마치 신선과 같은 표정으로 말했다.

:: 선생님과 평등한 관계 속에서 존중하고 존중받는 법을 배운다

"가도 되는데?"

나는 뭔가 작별인사 비슷한 말을 중얼거리고는 일바를 따라 나왔다.

일바는 그날 점심을 걸렀다. 그것은 일바의 기분이 엉망이라는 의미다. 덕분에 나는 하루 종일 일바의 눈치를 봐야 했다. 일바는 평소에 그리던 것보다 더 찌푸린 표정의 토끼 귀 소녀를 연습장 가득 그려댔다. 그리고 학기가 끝날 때까지 수학 교과서를 펴지도, 반을 옮기지도 않았다.

한국에서라면 상상할 수도 없는 일바의 기행(?)은 종교 수업 시간에도 드러냈다. 다른 아이들은 모두 '나만의 예수의 일생에 관한 책'이라는 프로젝트를 하는 데 여념이 없었지만, 일바는 여전히 토끼 귀 소녀나 용을 그리는 데만 집중했다. 일바가 좋아하는 것은 뛰는 것과 벌레와 용밖에 없는 것 같다. 보다 못한 이다가 와서는 조용한 목소리로 설득하기 시작했다.

"일바, 이제 숙제해야지?"

일바는 이다를 한번 흘끔 올려다본 뒤 취미 없다는 표정으로 "별로……."라고 대답했다. 하지만 이다는 포기하지 않았다.

"예수에 관해 쓰는 것이 싫으면, 뭐든 좋으니까 다른 것을 써보는 건 어떨까? 너 자신에 관해서라거나……."

일바의 반응은 여전히 시큰둥했다. 결국 이다는 몇 가지 당부하는 말만 남겨놓고 다른 학생들을 도우러 가버렸다. 나는 머릿속에서 떠도는 수많은 설득의 문장들을 스웨덴어로 바꿀 수가 없었고, 결국 "같이 숙제하면 좋을 텐데……."라는 소심한 말 한 마디로 그 상황을 끝냈다.

일바의 기행은 거기서 끝이 아니었다. 종업식 날이었다. 이다는 우리 반 학생들의 교과서를 모두 걷어 교무실로 가져가야 했는데, 혼자 들고 가기에는 너무 많고 무거웠다. 이다는 교실에 남아 있던 일바와 몇몇 아이들한테 도와달라고 했지만, 정작 아이들은 서로 눈치를 보고 딴청을 피웠다. 결국 내가 일바를 억지로 끌고 가서 이다를 도왔다.

역설적이지만 스웨덴 학교에서는 선생님과 학생의 이런 관계 덕분에 전교 회의를 학생들이 주도적으로 이끌어 나갈 수 있는 것 같다. 중요한 무언가를 결정하는 권한은 선생님뿐만 아니라 학생에게도 있기 때문이다.

지금의 한국은 어떨지 모르겠다. 당시 그 전교 회장 언니는 선거 때 약속했던 '매일 점심시간에 음악 들려주기'를 이루지 못했다. 아마도 선생님들이 시끄럽다고 반대했으리라. 졸지에 거짓말쟁이가 된 학생회장 언니도 어쩌면 피해자일지 모른다.

3

그리고 스웨덴 이야기

'국민 간식' 핫도그와 구디스

스웨덴에도 전통 음식이 몇 가지 있지만 먹어본 사람들의 평가는 대체로 인색하다. 프랑스의 시라크 전 대통령이 "음식 맛이 형편없는 나라 사람들은 믿을 수 없다.", "핀란드를 제외하면 영국 음식이 세계에서 가장 맛이 없다."라고 망언을 하는 바람에 2012년 올림픽 개최지로 런던이 선정되었다는 말이 나올 정도다. 얼떨결에 가장 음식 맛이 없는 나라가 되어버려 열 받은 핀란드의 IOC 위원들이 영국에 찬성표를 던지도록 다른 나라 IOC 위원들을 선동했다는 것이다. 시라크 전 대통령의 망언에 동조하는 것은 아니나, 솔직히 핀란드나 스웨덴이나 음식 맛이 없기로는 도토리 키 재기다. 그렇지만 먹을거리가 별것 없는 스웨덴에도 '국민 간식'이 있으니, 바로 핫도그와 구디스다.

코르브와 구디스

스웨덴에는 핫도그보다 '코르브' 라고 많이 부르는, 한국에서의 라면에 버금가는 수준의 음식이 있다. 간단한 식사 대용과 간식으로 자주 애용되는 음식이다. 중간이 갈라진 번(bun) 종류의 길쭉한 빵에 소시지를 하나 넣은 다음 각자의 취향에 맞춰 피클, 다진 양파, 치즈 따위를 토핑으로 얹고, 그 위에 케첩이나 머스터드를 뿌려 먹는다.

스웨덴에는 이런 핫도그를 파는 상점이나 노점상들이 많다. 집에서 만들어 먹어도 괜찮을 간단한 음식에 왜 열광하는지 모르겠지만, 출출할 때 간식이나 점심식사로 많이 사 먹는다. 나는 핫도그를 별로 좋아하지 않지만 두고두고 기억할 만큼 맛있는 핫도그를 먹은 적이 있다.

몇 년 전 부모님과 함께 덴마크의 코펜하겐을 여행했을 때였다. 머리가 두 번이나 잘리는 수난을 겪었던 인어 동상을 구경하고 시내로 걸어가는데 갑자기 비가 내리면서 날씨가 추워졌다. 잠시 비를 피할 곳을 찾을 때

:: 코르브라고 부르는 스웨덴 핫도그

:: 스웨덴 거리의 핫도그 판매 노점 '스테프'

마침 눈에 띈 것이 길모퉁이에 자리 잡은 '스테프(Steff)' 노점이었다. 거리에는 인적이 거의 없었지만 노점 안에는 핫도그를 먹는 사람들로 발 디딜 틈이 없었다. 길에 서서 오들오들 떨면서 먹은 김이 무럭무럭 나는 핫도그는 꿀맛이었다.

또 다른 국민 간식 '구디스'는 특정한 간식 브랜드가 아니라 사탕, 초콜릿, 캐러멜, 젤리 등을 총칭하는 말이다. 구디스는 손님이 직접 퍼 담을 수 있는 뷔페식 간식이다. 한국에서는 찾아보기 힘들지만, 스웨덴에서는 대부분의 편의점이나 상점에 가보면 위에 열거한 간식들이 가득 담긴 투명한 상자가 항상 진열되어 있다. 구디스만 전문적으로 판매하는 곳에는 수십 가지 상자를, 규모가 작은 편의점에서는 열 개 내외의 상자를 준비해놓는다.

무게 단위로 판매되는 구디스는 손님이 직접 저울에 달아서 계산하는 경우도 있고, 직원이 대신해주는 경우도 있다. 예전에 한국의 놀이공원에서 멋모르고 구디스와 비슷한 사탕을 몇 개 집었다가 가격이 너무 비싸 기겁을 한 적이 있다. 그에 비하면 스웨덴의 구디스는 양심적이라고 할 만큼 가격이 싸다.

내가 주로 구디스를 사는 곳은 스웨덴의 유명한 상점인 이카다. 이카는 크게 세 종류로 분류하는데 내라, 크반툼, 막시가 그것들이다. 내라는 조금 큰 편의점, 크반툼은 동네마다 있는 슈퍼마켓, 막시는 대형 할인점이라고 보면 된다. 크반툼에는 생필품이나 육류, 어패류, 애완동물 사료, 심지어는 DVD나 소형 가전제품까지 있다. 그래서 내라나 일반 편의점, 구멍가게보다는 훨씬 큰 구디스 코너를 갖추고 있다. 종종 반값 세일을 하는 경우가 있어서 나도 크반툼을 자주 이용한다.

작지 않은 규모의 슈퍼마켓에 구디스만 사러 들어오는 손님은 거의 없는 편이다. 사람들이 줄 서 있는 계산대에서 일일이 무게를 달기가 불편하니까 손님들이 직접 저울에 구디스 봉투를 올려놓고 가격표를 뽑아 붙인다. 종종 계산대 직원이 구디스의 무게를 대충이나마 달아보고 내용물을 확인하기도 한다. 구디스가 아닌 다른 종류의 뷔페식 견과류와 과자가 들어갈 수 있기 때문이다. 견과류는 구디스보다 가격이 배는 비싸다.

최근 스웨덴의 상점에서는 '셀프 스캐닝 시스템'을 많이 사용한다. 아이디 넘버(한국의 주민등록번호 같은 것)를 제출해야 가입이 가능한 이카의 멤버십 회원은 셀프 스캐닝 시스템을 사용할 수 있는 카드를 발급받고 휴대용 스캐너를 사용할 수 있는 권한을 부여받는다.

휴대용 스캐너로 구매하는 물건의 바코드를 찍으면 가격이 자동 등록되어 카운터에서 계산할 때 휴대용 스캐너만 넘겨주면 된다. 많은 물건을 한꺼번에 구매하는 사람에게는 더할 나위 없이 편리한 시스템이다. 손님들은 줄을 서서 기다리지 않아도 되고, 직원들은 팔 빠져라 물건을 들었다 놓았다 하지 않아도 되니 누이 좋고 매부 좋은 일이다. 게다가 일부 상품들은 셀프 스캐너 회원만이 할인된 가격으로 살 수 있어 가입하는 사람들이 나날이 느는 것 같다.

:: 국민 간식 구디스, 매장의 규모에 따라 구디스 상자 수가 달라진다.

구디스 도둑

하지만 이렇게 유용한 시스템을 악용하는 비양심적인 사람들도 있다. 구디스를 많이 담은 뒤, 적은 가격이 등록된 바코드를 붙여 스캔하고 유유히 카운터를 지나는 것이다.

구입한 물건이 많을수록 속이기가 쉽다. 카트 안에 수북이 쌓인 물건을 뒤져가면서 확인하는 열성적인 계산원도 없거니와(스웨덴 계산원은 전부 앉아 있다), 길게 줄을 서 있는 계산대에서 그렇게 하기란 쉽지 않다. 카운터의 경보 장치는 물건이 찍히지 않았을 경우에만 작동하므로 적발할 방법이 없다. 구디스를 마구 퍼 담은 뒤, 매장을 돌아다니며 몰래 다 집어먹고 봉투만 버리고 가는 '단순무식 증거인멸형'에 비하면 기계를 이용한 지능적 범죄이므로 죄질이 더 나쁘다고 할 수 있다.

10대 청소년들은 더 대담무쌍하다. 얼마 전에는 저울 눈금을 속이는 아이들을 본 적이 있다. 내가 바로 앞에서 봉투를 들고 쳐다보고 있는데도 태연히 카운터로 향했다.

아빠는 나한테 구박을 받으면서도 이카에 가면 항상 구디스 중 한 가지를 그냥 집어 드신다. "일단 맛을 봐야 사지!"라고 주장하지만 직원이 직접 맛보라고 주지 않는 이상 그것도 엄연한 범죄 행위다. 이 글을 아빠가 본다면 다음부터는 봉투째 들고 쇼핑하면서 다 먹어버리지 않을까 갑자기 걱정이 된다.

이런 사실을 모르지 않을 텐데 구디스 상점들이 '셀프'를 고수하는 이유를 잘 모르겠다. 일일이 직원들이 무게를 달아주기에는 인건비가 너무 많이 든다는 합리적인 이유인지, 아니면 사람들이 정직하리라 믿으니까 양심에 맡긴다는 인간적인 이유인지……. 하지만 나는 그 이유가 후자라고 믿는다.

스웨덴을 포함한 북유럽 사람들은 대체로 정직하고 원칙에 충실한 편이다. 때로는 너무 정직하고 원칙에 충실해서 융통성이 없다고 느껴질 때가 있다. 구디스 하나를 맛보는 것도 '도둑질'이라고 법으로 규정하고 있음을 사회 시간에 배울 정도다.

비단 한국의 문제만은 아니겠지만, 작은 원칙을 조금씩 무시하는 것이 사회 전체의 질서를 뒤흔들어버리는 결과를 낳을 수 있다는 점에서 차라리 융통성 없는 정직함이 더 나을지도 모르겠다. 적절한 원칙 적용과 융통성 발휘는 맛있는 구디스를 고르는 것만큼이나 어려운 일인 것 같다.

아, 대한민국!

한때 한국의 포털사이트를 뜨겁게 달구었던 스웨덴 소년이 있다. 사실 그 '소년'은 이미 할아버지인데도 사람들은 영화에 나온 그의 소년 시절 모습을 보고 감탄을 금치 못했다. 내 메신저의 사진에 올라 있던 그 소년을 본 아빠의 질문, "저 여자는 누군데?" 사진을 보면 아빠의 착각도 이해될 것이다.

:: 비요른 안드레센

비요른 안드레센(Björn Andresen). 나 역시 포털사이트나 온라인 커뮤니티를 돌아다니며 비요른의 사진을 보고 참 예쁘다 생각을 했다. 심심할 때마다 사진을 찾아보고 그가 출연한 영화도 빠짐없이 봤으니 팬이라고 할 수도 있다. 하지만 그가 스웨덴 배우라는 것을 처음부터 알고 있었던 것은 아니다.

비요른 안드레센, 잉그리드 버그만

이탈리아의 유명한 감독 루치노 비스콘티의 〈베니스의 죽음〉(1971년). 예술과 아름다움을 심오하게 다룬 이 영화로 비요른 안드레센은 일약 스타덤에 올랐다. 비요른은 영화에서 폴란드의 귀공자 '타지오' 역할을 맡았다. 타지오는 그야말로 아름다움의 결정체다. 나이 든 예술가 아센바흐가 한눈에 사랑(?)에 빠져버릴 정도로 아름다운 소년 타지오, 비스콘티 감독은 이 역할에 어울리는 소년을 찾기 위해 전 유럽을 여행하며 오디션을 열었다. 비요른을 본 비스콘티 감독은 원작의 타지오에 비해 비요른이 나이도 많고 키도 훨씬 컸기 때문에 캐스팅을 해야 할지 고민을 많이 했다. 하지만 비요른의 금발과 조각 같은 이목구비에 반해 타지오 역을 비요른에게 맡기기로 결정했다고 한다.

재밌게도 '타지오'에 열광한 사람은 아시아 관객들이었다. 덕분에 비요른은 일본에서 초콜릿 CF를 찍고 앨범을 내는 등 많은 활동을 했다고 한다. 일본의 여성 팬들은 당시에도 물불을 가리지 않았던 모양이다. 배용준을 보러 한국으로 몰려오듯이 비요른을 따라 스웨덴으로 왔다는 등 비하인드 스토리가 무궁무진하다.

원래 비요른은 음악을 하고 싶었다. 실제로 영화 몇 편에 출연한 이후에는 스크린을 떠나 스톡홀름에서 음악 선생님이 되었다. 〈베니스의 죽음〉을 촬영한 뒤 온갖 악성 루머(비행기 사고로 사망, 동성연애 등)에 시달리고 첫째 아들을 잃기까지 했지만, 지금은 아내와 딸과 평범한 삶을 살고 있다. 불우한 가정환경(부모님이 이혼하고 어머니가 자살하자 할머니 밑에서 자랐다)과 너무 잘생겨서 피곤한 소년기를 보낸 비요른으로서는 오히려 누구도 예상하지 못한 평화로운 여생을 살고 있는 것 같다.

비요른을 본 사람들 대부분이 그렇듯이, 나도 그의 사진을 보고서는 "이런 얼굴로 절대 평범한 삶을 살 수가 없지."라고 생각했다. 일본의 유명 순정만화 주인공의 모델이 된 외모이니 오죽하랴.

비요른 안드레센의 경우와 조금 다르지만 스웨덴에는 의외로 세계적인 감독과 배우들이 많다. 잉마르 베르히만(Ingmar Bergman)은 더 이상 거론할 필요가 없을 정도로 유명한 감독이지만 내 입장에서 보면 참 졸리는 영화만 만든 감독이다.

그것은 비스콘티 감독도 마찬가지다. 사실 〈베니스의 죽음〉도 무척 지루해서 타지오가 아니었으면 끝까지 보지 못했을 것이다. 하지만 영화 마니아들은 베르히만 감독을 '영화에 철학을 심은 감독'이라고 평한다. 그는 1918년 스톡홀름 북쪽 지역인 웁살라의 목사 집안에서 태어나 〈화니와 알렉산더〉를 끝으로 은퇴할 때까지 수많은 명화를 제작했다.

잉그리드 버그만(Ingrid Bergman), 스웨덴 발음으로는 잉그리드 베르히만인 이 여배우는 아카데미 여우주연상을 세 번이나 수상한 화려한 경력을 가지고 있다. 그녀는 〈잔 다르크〉, 〈아나스타샤〉, 〈오리엔트 특급 열차 살인사건〉, 〈카사블랑카〉, 〈지킬 박사와 하이드〉, 〈누구를 위하여 종은 울리나〉 등 명작들에 출연했다.

버그만은 베니스 영화제와 칸 영화제 등에서 수상 경력이 있는 이탈리아의 영화감독 로베르토 로셀리니의 영화를 보고 깊은 감명을 받았다. 그녀는 로셀리니에게 언제든지 출연할 의사가 있다는 편지를 보냈다. 두 사람은 양쪽 다 배우자가 있었지만 사랑에 눈이 멀어 아들까지 낳고 멕시코로 도망쳐버렸다. 그 뒤 쌍둥이 남매 이사벨라와 잉그리드를 낳기까지 했으나, 미국 정부는 버그만과 로셀리니 감독의 결혼을 무효라고 선언했다. 멕시코에 간 사람들의 결혼을 미국이 왜 무효라고 했는지는 알 수 없는 일이다.

이후 버그만은 다른 연극 제작자와 재혼했다가 곧 이혼하고, 1982년 자신의 생일인 8월 29일 숨을 거뒀다. 버그만과 로셀리니의 딸 이사벨라 로셀리니 역시 배우로 활동하고 있다.

또 다른 여배우 그레타 가르보 역시 스웨덴 출신이다. 〈안나 카레니나〉, 〈마타 하리〉, 〈춘희〉, 〈두 얼굴의 여인〉 등에 출연했다. 요즘 한창 뜨고 있는 스칼렛 요한슨 역시 스웨덴 출신이다.

이렇게 유명한 감독과 영화배우를 많이 배출했지만 스웨덴의 영화관

:: 잉마르 베르히만 감독 특별 판매점

:: 밖에서 본 영화관 모습

:: 스웨덴에서 만난 한국 영화 '디워'

:: 한국 영화를 만나면 반갑다. 특히 한글을 만날 때는 더욱!

시설은 한국에 비하면 너무 불편하다. DVD를 사거나 빌리는 가격도 꽤 비싸서 쉽게 접근하기 어려운 것도 아쉬운 부분이다.

태권도! 무서워, 때리지 마!

북유럽에도 한국 영화가 조금씩 알려지고 있는 것 같다. 한국에서 유명했던 영화 DVD는 백화점이나 편의점 등에 가면 쉽게 찾아볼 수 있다. 영화배우 문소리는 14회 스톡홀름 국제영화제에서 〈바람난 가족〉으로 여우주연상을 수상하기도 했다. 15회 스톡홀름 국제영화제에서는 박찬욱 감독의 영화 〈올드보이〉가 관객상을 받았다. 어떤 사람이 영화관에서 〈친절한 금자씨〉를 봤다고 해서 무척 신기해한 적도 있다.

영화 이야기는 아니지만, 이라크에서 온 달함이 한국 드라마를 알고 있는 것도 신기했다. 점심시간에 갑자기 "킴, 킴." 하면서 뭐라고 열심히 설명하는데 처음에는 도대체 무슨 말인지 알아들을 수가 없었다. 하지만 린다 선생님의 도움으로 달함이 한국 드라마 〈내 이름은 김삼순〉에 대해 설명하고 있다는 것을 알았다. 자기 나라에서 TV로 봤는지, 아니면 인터넷으로 봤는지는 모르겠지만 아랍어로 더빙이 되어 있었다는 사실이 정말 놀라웠다. 달함은 그 드라마가 참 재미있었다고 입에 침이 마르도록 칭찬했다.

한국 드라마를 빼면 도무지 신날 것이 없는 엘레인은 말할 필요도 없다. 나는 엘레인을 만나면서 진심으로 한국 드라마를 공부해야겠다는 생각이 들었다. 그래야 말이 통하지…….

삼성과 LG의 휴대전화나 MP3 플레이어, 노트북 등은 스웨덴에서도 유명하다. 내가 사용하는 노트북과 휴대전화만 해도 삼성 제품이고 친구들도 삼성 제품을 애용한다. 알란이 생일 선물로 받은 노트북 역시 한국 제품이었다.

내가 갖고 싶어했던 MP3 플레이어가 지하철 광고란에 붙어 있어서 깜짝 놀라기도 했다. 전자제품뿐만 아니라 한국 자동차 역시 어렵지 않게 볼 수 있다. 미국과 마찬가지로 참 많은 사람들이 현대 자동차를 타고 다닌다. 우리 아파트 건물에도 현대 자동차 판매점이 있다.

한국 상품이 많이 팔리는 것은 기분 좋은 일이지만, 사람들이 일본 상품으로 착각할 때는 정말 기분 나쁘다. 아직까지 북유럽에서는 한국이나 한국 문화에 관해 모르는 사람들이 많다. 길을 걷다 보면 스웨덴 사람들이 손을 모으면서 "니 하오!" 하고 지나갈 때가 있다. 처음에는 중국인이 아니라고 친절하게 설명까지 했지만,

"곤니치와!"

"한국인이에요."

"사우스 코레아? 거긴 어디죠?"

"중국과 일본 근처에 있는 반도예요."

"그럼 그게 그거네요!"

라는 식의 대화가 몇 번이나 반복되자 이제는 그냥 무시하고 지나간다. "그러면 당신들도 똑같은 북유럽이니까 핀란드며 덴마크며 노르웨이며 다를 것이 하나도 없겠네요!"라고 쏘아붙이던 내가 참 바보 같다는 생각이 들기도 한다.

스웨덴 사람들은 일본 사람들을 아시아의 대표선수라고 생각한다. 일본 사람들을 무조건 '사무라이', '닌자', '게이샤'라고 생각하지 않으면서, 왜 한국에 대해서는 왜곡된 생각을 가지고 있는 건지 속상한 적이 한두 번이 아니다.

우리 반의 에드워드가 "하용! 태권도! 무서워, 때리지 마!"라고 말했을 때, 태권도를 알고 있어 반갑기도 했지만, 한국 사람들을 모두 비장의 무술을 수련한 '무서운 가족' 쯤으로 취급하는 것 같아 별로 유쾌하지 않았다. 가끔 한국이 굉장한 후진국이라고 생각하는 사람도 있다. 한국에도 컴퓨터가 있냐고 물을 때는 기가 막혀 말이 나오지 않았다.

대부분의 외국인들에게는 한국이 반으로 뚝 갈라진 매력 없는 아시아 나라인지도 모르겠다. 그렇지 않으면 시간 약속 잘 안 지키는 공부벌레, 일벌레들만 가득한 콩알만 한 분단국가 정도라고 느끼는 것일까?

"나는 한국에서 왔습니다."라고 말했을 때 "한국이 어딘가요?"라는 반문이 돌아오지 않았으면 좋겠다. "어느 쪽 한국인가요?"라는 질문을 받을 때마다 가슴 한쪽이 쿵쿵 내려앉는 것 같다. 거기에 "남쪽입니다."라고 대답해야 하는 나 자신이 참 서럽다. 한국에 대해 잘 모르는 친구들이

"그럼 너희 나라 북쪽에는 뭐가 있는데?"라고 물을 때면 설명하느라 진이 다 빠진다. 단순히 "치고 박고 싸우다가 갈라지고 땡!"이라고 말할 수는 없는 노릇이다.

한국의 문화도 다른 나라에 비해서 뒤지지 않는 것이 정말 많은데 외국인들이 그런 것에는 관심이 없어 안타깝다. 하지만 이런 현상을 외국인 탓으로만 돌려서는 안 될 것 같다. 우리나라 정부에서 한국의 문화를 알리려는 의지가 없는데 외국인들이 뭐가 아쉬워서 우리나라 문화를 알고 싶어할까? 삼성 광고판 옆에 코리아라고 써놓고 싶지 않으면(삼성이 한국 회사라는 것을 모르는 사람들이 많다), 여기서 한국 제품을 엄청나게 팔고 있는 회사들이 나서서라도 한국의 문화를 알려야 한다고 생각한다.

한국인이 악기를 연주하는 UCC 동영상을 보고 "저거 재패니즈? 차이니즈?"라며 아시아 국가 이름을 하나하나 대면서도 '코리아'는 절대 나오지 않았을 때 얼마나 슬펐는지 모른다. 내 얼굴을 보자마자 중국 사람이냐 일본 사람이냐고 묻는 것에 일일이 설명해야 하는 일이 이제 지긋지긋하다.

나는 대한민국 사람, 코리안이다.

지구 온난화와 환경 오염

환경 보호에 힘쓰는 대표적인 나라 스웨덴에서도 지구 온난화는 큰 문제다. 한국을 포함해 다른 나라 사람들에게 스웨덴에 대한 이미지를 물어보면 무지하게 추운 나라, 복지국가, 깨끗한 나라라고 말한다. 나 역시 비슷한 생각을 했다. 북유럽하면 항상 산타클로스와 눈이 먼저 떠올라 스웨덴에 오기 전부터 추위에 지레 겁을 먹고 있었다. 겨울을 한 해밖에 나지 않아 단정하기는 어렵지만 의외로 스톡홀름의 겨울은 한국은 물론이고 잠시 살았던 미국의 일리노이보다 훨씬 덜 추운 것 같다. 무시무시하게 추운 데다 집이 파묻힐 정도로 많은 눈이 왔던 일리노이에 비하면 스톡홀름의 겨울은 오히려 따뜻하게 느껴질 정도였다.

기상학자들은 스웨덴을 북쪽에서 남쪽으로 노를란드, 스베아란드, 예탈란드 세 지역으로 나눈다. 남쪽 지역에 속한 스톡홀름은 불과 십수 년 전만 해도 눈이 많이 오고 엄청나게 추운 곳이었다.

날씨가 왜 이렇게 따뜻할까라는 의문은 신문이나 뉴스를 통해 저절로 알게 되었다. 지구 온난화가 주된 이유였다. 한 신문에서는 새해 특집 기사로 이 내용을 크게 다루기도 했다.

지구 온난화에 대한 예방책의 일환으로 스웨덴에서는 바이오가스 차량을 보급하는 데 많은 노력을 기울이고 있다. 버스도 대부분 에탄올 버스라는 표식을 붙이고 다닌다. 바이오가스 차량을 구입하면 여러 가지 혜택을 받을 수 있어 구입자의 수가 나날이 늘어나고 있다.

다만 최근의 기사를 보니 아이러니하게도 바이오가스나 에탄올을 사용함으로써 또 다른 문제점이 발생할 수 있다고 한다. 바이오가스나 에탄올 연료를 만들기 위해 옥수수 등을 과다하게 사용하는 탓에 전 세계가 식량난이라는 엉뚱한 부메랑을 맞고 있다는 것이다. 모든 조건을 충족시킬 수 있는 방안을 찾는 것은 정말 어려운 일인 것 같다.

지난 일이지만 북유럽을 발칵 뒤집어놓은 일이 노르웨이 앞바다에서 발생한 적이 있다. 러시아의 핵잠수함이 노르웨이 앞바다에서 침몰하여 방사능이 유출된 것이다. 그 사건으로 인해 아직도 노르웨이 앞바다에서 많이 잡히는 연어나 대구를 께름칙하게 생각하는 사람들이 적지 않다고 한다.

이렇듯 환경은 나 하나만의 의지로 지켜지지 않는 데 문제가 있다. 각국의 이해관계가 걸려 있어 도무지 합의가 이루어지지 않는 탄소 배출 협약의 경우만 해도 가장 많은 탄소가스를 배출하는 미국의 비협조로 합의가 되지 않는 것은 정말 이해하기 어렵다. 지구를 가장 오염시키는 국가라면 당연히 모든 면에서 모범을 보여야 할 텐데, 미국의 이런 태도를 볼 때 지구 온난화를 방지하는 것은 멀게만 느껴진다.

스톡홀름 시내에서 스키를

소피에룬드 학교에서 언덕을 조금만 내려가면 바다가 나온다. 한때 추운 겨울에 바다가 얼면 건너편 육지까지 스케이트를 타고 건너는 수업을 했던 적도 있다고 한다. 스웨덴에 와서 첫 번째 체육 수업 시간에 모잠비크 대사관저와 그림처럼 예쁜 집들이 모여 있는 언덕 위에서 잉겔라가 가르쳐준 사실이다. 눈이 많이 오면 스톡홀름 시내에서 스키를 타고 다녔다는 기사를 어디선가 본 적이 있는데 충분히 그러고도 남을 것 같았다. 나는 내심 기대하고 스케이트 연습을 열심히 했다. 하지만 겨울이 다 지나도록 바다는 얼지 않았다. 결국 우리 반 모두는 실내 아이스 스케이트장에서 심심한 수업을 하는 데 만족해야 했다.

스키도 마찬가지다. 원래 겨울 스포츠 방학은 겨울이 끝나기 전 스키를 타러 가라고 주는 방학이건만 눈이 쌓이지 않으니 스키장에 갈 수가 없었다. 온갖 겨울 스포츠를 예상하고 있던 나는 잔뜩 실망했다.

얼마 전에는 지구 온난화에 대한 황당한 이야기를 잉겔라에게서 들었다. 대구가 멸종 직전이며 애완동물을 내다버리는 사람들이 많다는 이야기 다음으로 곰에 관한 이야기가 나왔다. 날이 춥지 않아서 곰이 겨울잠을 자지 못한다는 것이다. 스웨덴처럼 추운 나라에서 곰이 겨울잠을 못 잘 정도라니 지구 온난화의 심각성이 피부에 와닿았다.

환경 오염 예방의 대표적인 정책인 자전거 타기는 스웨덴에서도 장려하는 것 가운데 하나다. 자동차를 소유하는데 내야 하는 세금이 굉장히 많고(엘리자베스는 그 때문에 스웨덴을 자주 원망했다), 기름 값도 한국과 맞먹을 정도로 비싸기 때문에 자전거 타기를 장려하지 않아도 사람들이 알아서 자전거를 애용하고 있다. 자전거 도로가 인도만큼이나 잘되어 있고 언덕이 별로 없어서 자전거로 출퇴근을 하는 것은 전혀 무리가 아니다. 잉겔라도 매일 자전거를 타고 출근한다.

하나 더 예를 들면, 캔이나 플라스틱 페트병에 담긴 식품을 구입할 때는 따로 0.5~2스웨덴크로나(300원 정도)를 더 내야 한다. 이카 안에는 다 쓴 캔과 페트병을 처리하는 기계가 있는데, 그 기계에 캔과 페트병을 넣으면 그 물품을 샀을 때 냈

:: 지구 온난화로 스웨덴은 생각보다 춥지 않다

:: 캔 수거함

:: 쓰레기 분리수거

던 만큼의 돈을 사용할 수 있는 쿠폰을 내준다. 슈퍼마켓에서 그 쿠폰을 쓸 수 있기 때문에 중앙역 같은 곳을 돌아다니다 보면 캔과 페트병을 모으는 사람을 흔히 볼 수 있다.

하지만 환경을 지키려는 노력과는 전혀 다른 면도 볼 수 있다. 스웨덴에 와서 가장 놀란 것은 쓰레기 분리수거 방식이었다. 한국에서는 아파트마다 분리수거하는 곳이 따로 있어서 종류별로 버려야 하지만 스웨덴에서는 쓰레기통에 한데 쑤셔 넣는다. 종량제 쓰레기봉투도 없다. 슈퍼마켓에서 물건을 담아주는 비닐봉지가 곧 쓰레기봉투다.

한국의 아파트에서는 구경하기 어려운 쓰레기 버리는 구멍 역시 스웨덴의 아파트에서는 여전히 볼 수 있다. 일반 쓰레기도 마찬가지지만 음식물 쓰레기도 마구 버린다. 사람들이 담배꽁초나 껌을 버리는 것은 한국보다 더 심한 것 같다. 역 근처에 가면 길에 가득 버려져 있는 담배꽁초와 가래침 때문에 눈살이 찌푸려진다.

소피에룬드 학교 앞에 있는 바닷가에는 5월만 되면 사람들이 나와서 햇볕도 쬐고 수영도 한다. 그런데 그 아름답고 깨끗한 갈대숲과 산책로 주변에는 먹다 남은 음식이나 쓰레기들이 마구 버려져 있다. 물과 공기가 너무 깨끗해서 정수기나 공기 정화기가 팔리지 않는 스웨덴에서 이런 일이 있다는 것이 정말 이해 되지 않는다.

북유럽의 베네치아를 위하여

스웨덴 날씨가 점점 따뜻해져서 눈이 와야 할 때 비가 내리곤 한다. 따뜻한 날씨 덕에 겨울에도 치마를 입을 수 있다며 즐거워할 일만은 아닌 것 같다. 온 도시가 물과 섬으로 둘러싸여 있어 북유럽의 베네치아라고 부르는 아름다운 스톡홀름이 지구 온난화 때문에 바다에 잠겨버릴 수도 있다는 이야기를 들을 때면 정말 슬퍼진다. 나도 스케이트를 타고 바다를 건너보고 싶고 스키를 타고 시내를 멋지게 가로지르고 싶은데, 몇 년 지나지 않아 스톡홀름에서 눈을 찾아볼 수 없을 것 같아 걱정스럽다.

최근 이 글을 읽은 아빠의 말에 따르면 스웨덴은 큰 규모의 재활용 회사가 있으며, 사업관계상 그 회사의 시설을 둘러본 적이 있는데 거의 완벽한 분리 시스템을 갖추고 있더라고 했다. 한국처럼 가정에서 분리수거를 하지 않고, 통째로 가져온 쓰레기를 공장에서 일괄 분류한다는 것이다. 아빠는 어떤 면에서는 온 가정이 분리수거에 매달리느라 스트레스를 받는 것보다 효율적일 수도 있겠다고 생각했단다. 도대체 음식물 쓰레기는 어떻게 처리하는지가 여전히 의문이라는 말씀을 덧붙이긴 했지만…….

경찰관 카레 아저씨

42세 용의자는 회른순드에 있었던 것으로

달라르나의 회른순드에서 실종된 10세 소녀 엥글라 회그룬드는 여전히 발견되지 않았다. 경찰은 그녀가 유괴 당했을 가능성을 염두에 두고 있다. 경찰은 엥글라의 실종과 관계가 있을 가능성이 있는 용의자(42)를 구류했다. 용의자는 엥글라 실종 당일인 토요일 회른순드에 있었던 것을 시인했지만 엥글라의 실종과 자신은 아무런 관계가 없다고 주장했다. 하지만 엥글라가 실종된 곳 근처에서 용의자의 붉은색 차 사브를 사진 촬영한 목격자가 있어 경찰은 여전히 용의자에게 혐의를 두고 있다.

2008.04.10.

42세 용의자 구류

경찰은 지난 토요일 달라르나의 회른순드에서 실종된 10세 소녀 엥글라 회그룬드를 찾기 위해 아직도 수색을 진행하고 있다. 현재 많은 경찰과 자원봉사자들이 엥글라의 자취를 쫓고 있다. 경찰은 엥글라의 유괴 혐의를 받고 있는 42세의 트럭 운전사를 체포했다. 용의자에 대한 의심은 점점 더 커지고 있다. 용의자는 실종 당시 회른순드에 있었던 것을 시인했지만, 엥글라의 실종과 자신은 아무런 관계가 없다고 주장했다. 금요일, 용의자는 구류되었다. 경찰은 용의자를 더 심문할 의사를 밝혔고, 용의자는 구류 상태로 남아 있어야 한다. 텔레비전을 시청하거나 신문을 읽을 수 없으며 면회 역시 금지된다. 한 부부는 스웨덴 신문과의 인터뷰에서 엥글라가 실종되기 직전, 용의자의 붉은색 차 사브가 엥글라를 뒤쫓아가는 것을 보았다고 말했다. 용의자는 아동 포르노 소지 혐의도 받고 있다. 경찰은 용의자의 컴퓨터에서 아동 포르노 사진을 찾아낸 바 있다.

2008.04.11.

42세 용의자가 엥글라를 살해

일요일, 구류된 용의자가 달라르나의 회른순드에서 엥글라 회그룬드를 유괴, 살해한 것을 경찰에 자백했다. 또한 용의자는 엥글라의 시체를 암매장한 장소로 경찰을 안내했다. 용의자는 2000년 팔룬의 페르닐라 헬레그렌을 살해한 혐의 역시 인정했다. "제 의뢰인은 더 이상 침묵을 지킬 수 없었습니다.

그는 이미 8년이나 자신의 비밀을 숨겨왔습니다.” 용의자의 변호사 얀 쉬로가 말했다. 용의자는 이전에도 몇 건의 성범죄와 폭행 등으로 기소된 바 있다. 1995년 용의자는 스트룀순드의 한 여자아이를 습격, 학대한 혐의로 6개월 징역을 선고받았다. 엥글라는 4월 5일 토요일 회른순드의 축구장에서 집으로 돌아가는 길에 실종되었다. 이후 경찰과 자원봉사자들은 엥글라의 자취를 찾아 일주일이 넘도록 숲 속을 수색한 바 있다.

2008.04.14.

엥글라의 살해는 막을 수 있었다

42세의 트럭 운전사 안데스 에크룬드가 달라르나의 회른순드에서 엥글라 회그룬드를 살해한 혐의를 인정했다. 동시에 2000년 31세 여성 페르닐라 헬레그렌을 살해한 것 역시 자백했다. 달라르나의 경찰이 페르닐라 헬레그렌을 살해한 것이 안데스 에크룬드였다는 사실을 뒷받침할 제보를 받았다는 사실도 드러났다. 만약 경찰이 에크룬드의 DNA를 검사했다면 그는 살해 혐의로 재판을 받았을 것이다. 하지만 경찰은 단 한 번도 검사하지 않았고, 안데스 에크룬드 역시 체포되지 않았다. 달라르나의 경찰은 이제야 그 사실을 깨달았다. 그들은 자신들이 직무태만을 저질렀는가에 대한 검토가 이루어져야 한다고 밝혔다. “우리가 엥글라의 살해를 미리 막을 수 있었는지 되새겨봐야 합니다.”라고 달라르나 경찰청장 스벤 올로프 헬베리가 말했다.

2008.04.15.

얼마 전 스웨덴 신문들의 1면을 가득 채웠던 사건에 관한 기사들이다. 엥글라라는 어린 여자아이가 자전거를 타고 집으로 돌아가다가 한 남자에게 유괴되어 살해당한 일이다. 범인은 결국 잡혔지만 그 충격이 얼마나 컸던지 보통은 토론 수업을 하지 않는 린다까지 신문을 들고 와서 설명해 줄 정도였다.

범죄 이야기가 나오자 몇몇 친구들이 중범죄자를 쉽게 풀어주기 때문에 저런 범죄가 발생한다고 투덜거렸다. 하지만 나는 그 친구들과 생각이 약간 다르다. 한국의 경우도 교도소에 오랫동안 가두거나 사형을 시키기도 했지만 흉악범죄가 줄어들기는커녕 늘고만 있으니 무조건 오랫동안 가둬둔다고 능사는 아닌 것 같다.

린다는 친구들의 의견에 동의했지만, "스웨덴에서는 가둬놓는 것이 목적이 아니라, 범죄자들이 감옥 밖으로 나왔을 때 그런 '바보 같은' 짓을 다시는 하지 않도록 바꾸는 것이 목적이다."라고 덧붙였다.

얼마 전 안양에서 초등학생 두 명이 살해당한 안타까운 뉴스를 봤는데, 범죄를 저지른 방식이 어쩜 그리 똑같은지 모르겠다. 마치 한국의 범죄를 그대로 모방한 것 같은 느낌까지 들었다.

어린이와 여성의 천국인 영국이 '요람에서 무덤까지'라면, '뱃속부터 무덤까지'라며 자랑하는 스웨덴에서도 이런 일이 벌어지고 있다. 나는 이 사건을 계기로 이것저것 궁금한 것을 물어보기 위해 솔렌투나에 있는 경찰서를 찾아가 보기로 했다.

:: 카페 같은 경찰서 내부

경찰서는 열차가 지나다니는 선로와 나무가 우거진 곳에 위치한 매우 크고 세련된 건물 안에 있었다. 내부 역시 아주 현대적이었다. 아이들이 놀 수 있는 탁자는 물론, 리셉션 두 곳, 여권을 발행하는 창구가 여러 군데 있었다.

두 명의 남자 경찰이 리셉션에 앉아 있었다. 인터뷰 의사를 밝히자 별 질문 없이 어딘가로 전화를 걸었고, 잠시 후에 나이 지긋한 사복 차림의 남자 한 명이 와서 악수를 청했다. 그분은 카레 베겔스회였다. 경찰관으로 30년 넘게 일한 베테랑이며 지금은 사람들에게 범죄 예방법을 알리는 일을 하고 있다고 자신을 소개했다.

지난번 목요일에는 코뮌 건물에서 커다란 모임을 열고 자물쇠를 제대로 관리하는 법이나 어두울 때 여자 혼자 돌아다니면 습격 당할 위험이 있다는 것 등에 대해 강의를 했다고 한다. 경찰이 되고 싶어서 경찰서를 방문하는 아이들도 그가 담당하는데, 자신이 하는 일은 그들의 환상을 깨는 것이라며 웃었다.

내가 안내받은 곳은 리서치 룸이라고 부르는 사무실이었다. 어두운 취조실 같을 거라고 예상했는데 회사의 귀빈실로 사용해도 무리가 없을 만큼 쾌적한 방이었다.

장소 | **경찰서 리서치 룸**

인터뷰한 사람 | **카레 베겔스회**

H – **하영** | K– **카레**

H : 스웨덴은 한국에 비하면 길거리에서 경찰을 보기가 쉽지 않은데 어떤 이유에서인지요?

K : 경찰의 숫자가 적기 때문입니다. 잉글랜드 같은 나라에서는 경찰과 경비원, 군대를 한데 묶어서 계산하는 경우가 있습니다만, 스웨덴은

그 셋의 경계 벽이 꽤나 높은 편이에요. 스웨덴 전체를 통틀어서 경찰은 18,000명 정도인데, 인구에 비해 상당히 적은 숫자죠. 스웨덴 인구가 1,000만 명 정도니까요.

H: 경찰 인력이 적어서 문제가 되지는 않나요?

K: 주변에서 경찰을 잘 볼 수가 없으니 사람들이 불안해하는 점은 있어요. 스웨덴어로는 트리그헷(trygghet, 안정, 편안, 안전)이라고 부르는데, 경찰을 주변에서 많이 볼 수 있다는 사실에 안전함을 느끼는 사람들이 많거든요. 하지만 그것 외에 실제 상황에서 문제가 되는 경우는 거의 없습니다. 일단 한 경찰서에서 모든 것을 해결하는 것이 아니라, 여러 곳에서 도움을 받는 경우가 대부분이기 때문입니다. 모든 경찰서를 24시간 열어놓는 것은 인원이 부족해서 무리입니다. 하지만 치안에는 문제가 전혀 없습니다. 다른 곳에서 그만큼 책임져주니까요. 긴급 전화도 있고요.

H: 스웨덴의 범죄신고 전화는 몇 번인가요? 신고나 접수가 편리하게 되어 있는지요?

K: 모든 긴급 상황에는 112를 누르면 됩니다. 소방서, 병원, 경찰들이 모두 한 번호로 통일되어 있으니 확실히 편하죠.

H: 한국의 경찰 신고 전화번호와 똑같네요.

K: 그런가요?(웃음) 일단 긴급 상황에 처한 사람이 전화를 걸면 스톡홀름에 있는 센트럴로 즉시 연락이 가고, 도움이 필요한 곳의 가장 가까운

경찰서에서 출동합니다.

H: 요즘 한국에서도 문제가 되고 있는데, 스웨덴은 범죄가 예상될 경우 본인의 동의 없이도 휴대전화 위치 추적이 가능한가요?

K: 그것이 필수적이고 허가를 받으면 가능합니다. 얼마 전 엥글라라는 여자아이의 사건에 대해 들었나요?

H: 그럼요. 신문에서 보았습니다.

K: 그 사건의 경우에도 휴대전화 위치 추적으로 엥글라가 어디에 있었고, 어느 곳을 지나갔는지 알아낼 수 있었습니다. 한국 경찰이 휴대전화 위치 추적을 할 수 없는 것은 조금 의외네요. 당신의 말처럼 개인정보 보호도 중요하지만, 때론 개인의 이익이 일부 침해당하더라도 공공의 이익이 더 중요할 때도 있습니다. 물론 그런 판단은 국민 모두의 동의가 있어야 하고, 국민 모두에게 경찰이 자신을 보호해줄 것이라는 확실한 믿음을 줄 수 있어야 가능할 것입니다.

H: 인터뷰를 위해 지난 일요일에 다른 지역 경찰서를 방문했어요. 그런데 휴일이라 아무도 없던데, 휴일에는 모두 쉬나요? 한국에서는 상상하기 어려운 체계거든요.

K: 이 경찰서는 솔렌투나 지역에 있는 다섯 개의 경찰서 중 하나입니다. 다른 곳에서는 월·수·금과 화·목으로 나눠서 문을 열고, 토요일과 일요일은 이곳을 제외하고는 다들 쉽니다. 이곳만이 예외로 1년 365일 24시간 열려 있습니다.

H : 그런 식으로 근무하는 데 별다른 문제는 없나요?

K : 그것 때문에 이곳에 인력이 집중되어 있어요. 업무에는 지장이 없습니다. 또한 문이 닫힌 경찰서라 해도 경찰서 앞에는 어느 곳으로 연락하면 도움을 받을 수 있다는 글을 써둡니다. (긴급 상황에서 휴대전화가 없다면 어떻게 연락할지 의문이긴 하다. 이런 점에서 보면 한국의 경찰 체계는 대단하다고 인정할 수밖에 없다.)

H : 긴급 전화로 연락을 하면 언제든지 응답한다는 말이군요?

K : 물론입니다. 그런 것에는 아무런 문제가 없습니다.

H : 한국은 경찰서와 파출소 등으로 나눠져 있는데, 스웨덴의 경찰 체계는 어떻게 되어 있는지요?

K : 아까 말한 것처럼 문을 여는 시간은 각각 다르지만 모든 경찰서는 거의 동일하게 운영됩니다. 리셉션은 모두 똑같지만 각 지부마다 하는 일이 조금씩 다를 때도 있습니다. 참고로 여권 발행도 경찰서에서 합니다.

H : 스웨덴 국민들이 경찰에 느끼는 불만 같은 것은 없나요?

K : 좀전에 질문했듯이 왜 주변에서 경찰을 자주 볼 수 없느냐는 불만은 있습니다. 긴급 상황이 아니지만 경찰에 도움을 구하고 싶을 때 사용하는 114-14 번호로 연결이 되기까지 시간이 오래 걸린다는 사람들도 있고요. 그 이외에 특별한 것은 없는 것 같네요. 경찰이 너무 친절해서일지도 모르지요.(웃음)

H: 〈깝스〉라는 영화를 보셨는지요? 영화를 보면 범죄가 너무 없어서 직장을 잃을 처지가 된 경찰들이 일부러 범죄를 만든다는 식의 설정이 있는데 실제 스웨덴의 현실이 그런지요?

K: '절대'라고 해도 좋을 정도로 현실성이 없는 내용입니다. 어떤 면에서는 현실과 비슷한 면이 있겠지만, 그 영화의 내용과는 전혀 다르답니다. 저도 그 영화를 보았는데 영화 자체는 재미있었습니다.(웃음)

H: 스웨덴 경찰은 처벌 위주인가요? 교화 위주인가요?

K: 두 가지를 병행하고 있습니다. 처벌만 강하게 하면 또 다른 부작용을 낳을 수 있기 때문에 최선의 방법은 아닙니다. 스웨덴 감옥의 시설이 좋다고 말이 많지만 성찬에다 컬러 TV가 나와도 감옥은 감옥이고, 바깥으로 발을 못 내딛는 건 마찬가지거든요. 저 개인적으로는 지금의 체계가 가장 좋다고 생각하고 있고, 변화를 주지 않았으면 좋겠습니다.

H: 경찰에 재직하면서 겪었던 가장 큰 사건과 가장 황당한 사건은 어떤 것인지요?

K: 이런 질문을 가장 많이 받지요.(웃음) 저는 사실 시체나 잔혹한 사건 현장을 보는 것보다 어린아이들이 현실을 알고 괴로워하는 쪽이 더 가슴 아픕니다. 이번에 큰 화제가 됐던 엥글라의 경우에도 그렇고요. 어린아이들을 상대로 한 범죄는 스웨덴에서도 심각한 문제입니다. 물론 엥글라와 같이 끔찍한 사건은 스웨덴에서 거의 일어나지 않습니다. 가장 큰 사건이라면 에즈베리에서 있었던 은행 강도 사건입니다.

평범한 은행 강도가 아니라 폭탄을 터뜨려서 범행을 저지른 점이 아주 흥미로웠습니다. 이런 말을 하면 어떨지 모르겠지만 범죄자들의 이야기를 듣는 것도 굉장히 흥미롭거든요. 말하자면 테이블 너머의 이야기를 듣는다고나 할까요? 뛰어난 지능범이었던 것으로 기억합니다. 그 외에도 실종, 도둑, 칼부림이나 술 취한 사람들의 난동 등이 있겠죠. 하지만 그 중에서도 가장 인상 깊었던 것은 역시 그 은행 강도 사건이었던 것 같네요. 가장 황당한 사건이라면 스톡홀름에서 다른 곳으로 전근을 간 뒤 맨 처음 맡았던 사건입니다. 사건이라고 하기에도 민망한 것이 연락을 받아보니 산책하던 개 두 마리의 목줄이 서로 엉켜 있으니 도와달라는 내용이었거든요. 그곳이 스웨덴에서도 부유한 지역이라 그랬는지도 모르겠네요. 어쨌든 도착했을 때는 개 주인도 개 두 마리도 이미 사라진 뒤였지요.(웃음) 이처럼 지역에 따라서 접수되는 사건들이 많이 다릅니다.

H: 현재 경찰 생활에 만족하는지요?

K: 그런 것 같아요. 경찰이라는 이름이 있으면 할 수 있는 일들이 많거든요. 말을 탄다거나 헬리콥터를 탄다거나. 가장 중요한 것은 역시 사람들을 도울 수 있다는 거겠죠.

H: 스웨덴에도 경찰대학이 있나요?

K: 네. 폴리스 아카데미라는 기관입니다. 일반적인 대학처럼 고등학교를 졸업하고 시험을 친 뒤에 입학할 수 있고요, 스웨덴 전 지역에 네 곳

:: 스웨덴 경찰차

이 있습니다. 한 군데는 바로 이 근처인 솔나에 있죠. 네 곳 중에서도 가장 큰 규모입니다. (한국처럼 계급이 높은 엘리트 경찰을 만드는 개념이 아니라, 말 그대로 경찰이 되기 위해서 들어가는 훈련소 같은 것으로 들렸다.)

H: 경찰이 되기 위해 필수적으로 거쳐야 하는 코스인가요?

K: 그렇습니다. 입학하려면 5단계 시험을 거칩니다. 일단은 기본적인 이론 시험이 있겠죠? 그 다음에는 스웨덴어, 심리, 체력 시험을 치고 인터뷰를 합니다. 범죄 기록이 없어야 하는 것은 당연합니다. 그곳에서 경찰에게 필요한 모든 과정을 배웁니다. 경찰차를 운전하는 법, 사건을 수사하는 법 등이 있겠죠.

H: 폴리스 아카데미에 들어가기 위해서 특별히 필요한 자격이 있나요?

K: 가장 기본적으로 운전면허가 있어야 합니다. 그리고 앞에서도 말했듯이 전과가 없어야 하고요. 겉모양이 화려해 보이니까 별로 관심이 없는데도 지원하는 젊은이들이 많은데, 그런 사람들은 실제로 경찰이 되고 나서 많이 힘들어합니다. 직업에 대한 애정이 없으면 견뎌내기가 쉽지 않아요. 애초에 학교에 들어가는 것도 힘들고요. 10,000명의 지원자 가운데 200명이나 250명 정도만 합격할 만큼 인기가 있고 들어가기가 힘든 곳이 폴리스 아카데미예요. 그밖에 기본적인 경찰 업무를 수행할 수 있는 능력이 있어야겠지요. 경찰차 운전이나 위험한 상황 대처법, 위험인물 다루기 등입니다. 일단 폴리스 아카데미를 졸업하는 것이 필수이고, 그곳에서 거의 모든 것을 배운다고 해도 과언이 아닙니다.

H: 스웨덴 경찰도 무기를 휴대하고 필요 시 발포하나요?

K: 모든 경관은 총기를 소지합니다. 폴리스 아카데미에서도 사격 훈련을 필수적으로 받고요. 하지만 나는 30년이 넘도록 총을 써본 적이 없습니다. 신께 감사할 일이죠. 1년에 발포 건수는 스웨덴 전역을 통틀어 20번에서 25번 정도입니다. 자기 자신이나 다른 사람을 보호할 때, 혹은 아주 귀중한 물건을 지킬 때만 사용할 수 있습니다. 미국 경찰이 나오는 프로를 보면, 그쪽 대원들은 시도 때도 없이 총을 꺼내들고 쏘아대는데 여기는 좀 다르다고 할 수 있겠네요.(웃음)

H: 한국의 경우에는 문신이 있으면 경찰이 되기 어렵다는데, 스웨덴도 그런가요?

K: 문신이요?(웃음) 그런 것은 상관없습니다. 경찰로 근무할 수 있는 실질적인 자질을 가장 중요하게 판단합니다. 얼굴을 스케치북 대신으로 쓴다면 곤란하겠지만, 팔이나 다리 등 눈에 띄지 않는 곳에 조그맣게 하면 알 방법이 없지요. 면접을 볼 때 옷을 벗겨보는 것도 아니고요.(웃음) 반사회적이거나 문제가 되는 내용을 담고 있으면 조금 다르겠지만요.

H: 신체검사를 하지 않나요?

K: 기본적으로 신체검사와 체력검사는 하지만, 거기다가 지원자를 세워 놓고 옷을 다 벗게 하지는 않는답니다. 지원자가 경찰이 될 수 없을 만한 문제가 있으면 그것은 심리검사나 인터뷰 등에서 나타날 거예요. 문신의 유무는 문제가 되지 않을 것이라고 생각합니다.

H: 스웨덴 시민권자만이 경찰이 될 수 있나요?

K: 그렇습니다. 동료들 중에서는 다른 나라에서 온 사람들도 있지만 모두가 스웨덴 시민권자입니다. 그것은 아마도 어떤 장벽이 아니라 경찰이라는 업무의 특수성 때문이므로 세계 어느 나라든 비슷할 것입니다.

H: 스웨덴 경찰에서도 과학수사에 관련된 조직이 따로 있는지요?

K: 있습니다. 매우 능력 있는 사람들이지요. 일단 스웨덴 경찰들은 서로를 많이 돕기 때문에 과학수사대도 우리도 모든 일을 조금 더 쉽게 해

나갈 수 있는 것 같습니다.

H : 여성 경찰의 비율이 어떻게 되나요?

K : 전체 인원의 30퍼센트가 여성입니다. 스웨덴은 여성과 남성을 거의 차별하지 않는 국가로 유명하지만 실제 업무 수행에서도 여성이 결코 뒤떨어지지 않습니다. 그렇기 때문에 위험한 업무에 여성을 특별히 배려하는 일도 없습니다.

H : 경찰 제복에 대해 알려주세요.

K : 모든 경찰은 똑같은 제복을 착용합니다. 특별한 상황에 맞춰 착용하는 제복도 있지만 평상시에는 똑같은 제복을 착용합니다.

H : 스웨덴에서 범죄는 증가하고 있나요? 감소하고 있나요?

K : 증가하고 있습니다. 역시 모든 범죄 중 가장 빈번히 일어나는 것은 절도겠죠? 70~75퍼센트가 도둑질로 잡혀옵니다. 집, 가게, 자동차 등이 대다수이고, 뉴스에 나오는 그런 큰 사건들은 5퍼센트 정도밖에 안 되지만 사람들은 오히려 더 크게 느끼지요. 나머지 사소한 범죄들은 보도되지 않으니까요. 예를 들어 어두울 때 나가는 것이 생각하는 것만큼 위험하지는 않습니다.(웃음) 범죄율이 증가한다고 너무 우려할 필요는 없다는 뜻입니다. 그것은 단순히 수치일 뿐이니까요. 사람들이 모여 사는 사회는 스스로 부족한 점을 고쳐 나갈 수 있는 능력이 있습니다. 우리는 그런 능력을 믿기 때문에 지치지 않고 교화하는 과정을 반복할 것입니다. 경찰은 사회 자체가 가지고 있는 그런 능력을 보조

하는 역할을 할 것입니다.

H : 한국 경찰에 대해서 들어본 적이 있는지요?

K : 솔직히 말하면 잘 모릅니다. 당신이 말한 대로 길거리에서 언제든지 경찰들을 볼 수 있다면, 그런 멋진 모습을 꼭 한 번 보고 싶기는 합니다. 각 국가의 정책에 따라 다를 것이고, 그 나라의 범죄율이나 기타 많은 기준들이 있겠지만 원칙적으로 경찰이 쉽게 눈에 띄는 것을 꼭 좋다고만 말하기는 어렵군요. 스웨덴 사람이 한국에 가면 자칫 범죄가 많은 국가라고 오해할 수도 있지 않겠어요? 스웨덴의 방식이 다 옳다고 할 수는 없겠지만, 원칙적으로는 눈에 띄지 않게 조용히 국민을 보호하는 것이 가장 좋다고 생각합니다. 사람마다 조금씩 다를 수는 있으나, 경찰이 눈에 뜨이지 않아서 느끼는 불안감보다 내 주변에 항상 경찰들이 보이는 것에 대한 불안감이 더 클 수도 있을 겁니다.

H : 만약 한국 경찰에서 초청하면 한국 경찰을 보고 싶은지요?

K : 당연히 그렇습니다. 당신이 말한 것처럼 정말 경찰에 전화를 걸면 어김없이 3분 이내에 도착하는지 꼭 확인해보고 싶습니다.(웃음) 내가 가보는 것은 아주 좋은 일이지만 한국 경찰을 스웨덴으로 초청하는 것은 조심스러운 일이군요. 한국 경찰들이 볼 때 스웨덴 경찰들은 전부 일을 하지 않는 것처럼 비칠 수 있으니까요.(웃음)

H : 시간 내주셔서 정말 감사합니다. 궁금증이 많이 풀렸습니다.

K : 다행이네요. 나도 즐거웠습니다.

자율? 인력 부족?

사람들은 누구나 자기 위주로 생각하게 마련이다. 스웨덴에 살고 있는 한국 사람들은 대체로 스웨덴 경찰이 너무 느려터진 데다 열심히 일을 하지 않는다고 생각한다. 게다가 거리에서 경찰을 보기도 쉽지 않다. 나도 일요일에 인터뷰를 하러 갔다가 겪은 일이지만, 모든 문을 닫아버리고 쉬는 경찰서가 있다는 사실이 믿어지지 않았다.

스웨덴을 신봉하는 사람들 중에는 교통 위반을 해도 단속하는 경찰이 없는 것을 두고, 국민을 믿고 자율에 맡기기 때문이라고 마음대로 해석하기도 한다. 하지만 내가 인터뷰를 하면서 받은 느낌은 꼭 그런 것 같지는 않았다. 인터뷰에 응한 경찰의 말대로 인력이 부족해서라는 것이 더 옳은 판단일 것이다.

국가마다 사정이 있기 때문에 절대 비교는 할 수 없지만, 적은 숫자로 나름대로 효율적인 치안을 유지하고 있는 스웨덴을 보면서 훨씬 많은 경찰을 보유하고 있음에도 흉악 범죄가 끊이지 않는 이유에 대해 한국 경찰이 진지하게 고민해볼 필요가 있을 것 같다. 물론 흉악 범죄가 끊이지 않는 데는 경찰의 힘만으로는 책임질 수 없는 사회 구조적인 문제가 있겠지만…….

레닌 동상을 찾아서

나는 '블라디미르 일리치 레닌'이란 러시아의 혁명가를 잘 모른다. 내 또래들이 그렇듯이 정치는 물론이고 '주의' 같은 것도 잘 모른다. 스웨덴이 사회주의(또는 사민주의)라고 해서 '여기처럼 사는 것이 사회주의구나…….' 라고 느낄 뿐이다. 내가 말하고 싶은 것은 레닌 때문에 핀란드 여행을 망쳤다는 것뿐이다.

핀란드 여행은 계획된 것이 아니었다. 스웨덴을 방문한 아빠의 손님들이 핀란드 여행을 간다기에 얼떨결에 따라가게 된 것이다.

핀란드는 두 번째 방문이었다. 첫 방문 때는 바이킹라인(Viking Line)을 이용했지만 이번에는 실야라인(Silja Line)을 타고 갔다. 핀란드로 가는 크루저 여객선은 바이킹라인과 실야라인 두 가지가 있다. 항로는 똑같지만

(항상 바이킹라인이 실야라인과 일정한 거리를 두고 뒤따라온다) 스톡홀름과 헬싱키의 선착장도 다르고 배의 규모와 내부도 조금 다르다. 실야라인에 비해 바이킹라인이 약간 작고 덜 호화스럽다고 할 수 있다. 당연히 실야라인이 조금 더 비싸다.

선택 사양도 다양하다. 선실에서 바다가 보이는지, 해산물 뷔페가 제공되는지 등에 따라 가격 차이가 크다. 스톡홀름에서 매일 오후 5시에 출발, 헬싱키에 다음 날 오전 9시에 도착해서 하루 종일 시내 관광을 하고 오후 5시에 다시 헬싱키를 출발하여 다음 날 오전 스톡홀름에 도착하는 일정이다. 그 외에도 에스토니아 탈린으로 가는 코스와 그린란드의 오로라를 볼 수 있는 코스 등 다양한 프로그램이 있다.

두 번째 헬싱키 여행

처음 핀란드에 갈 때 탔던 바이킹라인의 선실은 바다가 보이지 않고 바다 그림만 창문에 붙어 있어 실망했는데, 실야라인에서는 바다가 보여 좋았다. 첫 방문 때는 4월인데도 발트해로 나가자 바다가 온통 얼어 있어 경이로웠다. 마치 영화 〈타이타닉〉을 보는 기분이었다. 한국의 봄 날씨보다 약간 추울 뿐이었는데 헬싱키 항구에는 얼음이 둥둥 떠 있었다.

바이킹라인과 달리 입구부터 호화로운 실야라인은 내부의 조명을 비롯하여 모든 것이 화려했다. 커다란 메인 홀의 양옆에는 각종 면세점과 슬롯머신 기계가 있고, 그 위로는 객실이 다닥다닥 붙어 있어 마치 잠수함에 들어와 있는 기분이었다. 배 안에는 면세점, 사우나, 수영장, 카지노, 디스코텍, 영화관 등이 갖춰져 있었다.

배가 항구를 벗어나자 저녁과 밤에 걸쳐 페스티벌을 하니까 꼭 보라는 선장의 안내 방송이 나왔다. 메인 홀에서 댄스와 노래, 작은 규모의 서커스가 시작되자 사람들이 모여들기 시작했다. 선실에 있어봐야 할 일도 없을 것 같아서 페스티벌이 시작되자마자 디스코텍으로 달려갔다. 무대를 중심으로 좌석이 빙 둘러져 있고, 좌석 뒤의 칵테일 바에서는 알코올이 들어 있지 않은 칵테일을 팔고 있었다. 스웨덴 사람들은 술을 잘 마시지 않지만 크루저를 타면 해방감에 젖어 그런지 배 안의 면세점에서 독주를 카트 한가득 사서 밤새도록 마신다. 술에 취해서 비틀거리는 사람이 적지 않아도 특별히 불미스러운 일은 생기지 않는다고 한다.

무용수들의 춤과 팝밴드의 노래로 분위기가 한껏 고조되자 사람들이 무대 위로 나와 춤을 추기 시작했다. 나는 설마 사람들이 무대 위로 나가서 춤을 출 거라고는 생각하지 않았다. 극장 무대 위에서 춤을 추는 것과 비슷해서 어지간히 자신이 있지 않고서야 춤을 추러 나가는 것은 어렵다고 여겼기 때문이다.

하지만 내 예상을 깨고 할머니 할아버지 한 쌍이 나와서 서로 손을 잡고 느릿느릿 춤을 추기 시작했다. 화려하지도 능숙하지도 않았지만 두 분

:: 배 위에서 펼쳐지는 신나는 서커스 공연

은 즐겁게 춤을 추었다. 그러자 조그만 꼬맹이, 임신한 아주머니, 10대 커플까지 합류해서 각자 맘대로 춤을 추어댔다. 한국에서 말하는 막춤도 있고, 춤이라고 말하기 곤란한 정도의 발악도 있었지만 흥겨워 보였다.

멍석 깔아주면 못 하는 한국 사람들에 비해 굉장히 자유로운 분위기였다. 춤을 못 춘다고 놀리는 사람들도 없었고, 춤을 잘 추지 못하는 본인도 별로 신경 쓰지 않는 듯했다. 보는 것은 즐거웠지만, 나는 감히 무대로 나갈 엄두를 내지 못했다. 그러고 보면 나도 한국 사람이 분명한가 보다.

이번 여행에서는 스톡홀름 항구를 빠져나가기도 전에 해가 져서 경치를 제대로 볼 수 없었지만, 스톡홀름 만을 빠져나갈 때의 경치는 정말 압권이다. 두 번째로 간 헬싱키는 바다가 얼지 않은 것 말고는 변한 게 없었다.

스톡홀름에 비하면 헬싱키 항구는 별로 볼 것이 없다. 항구 주변에 야시장이 있다고 들었지만 이번에 갔을 때는 그 야시장도 서지 않아 구경할 수 없었다. 헬싱키 시내는 사람들이 생각하듯이 그렇게 낭만적이거나 고풍스럽지 않아 잔뜩 기대하고 온 여행객들은 실망하는 경우가 많다.

크루저를 타고 헬싱키에 도착하면 보통의 경우는 걸어서 시내로 들어간다. 도시가 그리 크지 않기 때문이다. 스톡홀름에도 트램(전차)이 일부 구간에 있지만 헬싱키는 시내 전체에 트램이 다닌다. 물론 지하철과 버스도 있다. 요금은 2유로(3,200원 정도)로 상당히 비싼 편이다.

핀란드는 스웨덴 바로 옆에 붙은 나라지만, 여러 모로 스웨덴과 다른 점이 많다. 스웨덴과 러시아가 번갈아가면서 식민 지배를 했고(역사책을 보면 레닌이 러시아로 돌아가기 직전 헬싱키 중앙역에서 아주 유명한 연설을 했다고 나오는데, 핀란드 헬싱키가 아니라 스웨덴 헬싱키로 표기되어 있다), 그 영향으로 러시아풍으로 지어진 건축물이 많고 스웨덴어가 공용어로 쓰인다.

핀란드는 그 유명한 산타클로스 마을과 자일리톨 껌이 있는 나라다. 들은 이야기로는, 한국에서 자일리톨 껌만 씹으면 이를 닦지 않아도 되는 것처럼 광고를 해서 엄청나게 팔아준 덕분에 핀란드 정부가 모 제과회사에 감사패를 주었다고 한다. 요즘에는 핀란드에서도 관광객들에게 자일리톨 껌을 판매하고 있으나, 정작 핀란드 사람들은 광고에 나오는 것처럼

:: 헬싱키 항구로 들어오는 바이킹라인

:: 우리가 걸었던 헬싱키 레닌 공원 호숫가

:: 헬싱키 트램

:: 핀란드 기념품 가게 아주머니

:: 핀란드 기차에서 만난 학생들과 선생님

즐겨 씹지 않는다. 산타클로스 마을 역시 스웨덴과 노르웨이에도 있지만 정통성에 있어서 핀란드에 미치지 못한다고 한다.

내 여행을 망친 레닌

"핀란드에 왔으니 레닌 동상은 보고 가야 하지 않겠어?"라는 아빠의 한마디가 화근이었다. 핀란드하면 위대한 작곡가 시벨리우스이니, 당연히 시벨리우스의 생가나 시벨리우스 박물관에 가야 하는 것 아닌가? 더구나 모스크바도 아닌 헬싱키에 레닌의 동상이 있다니, 좀 뜻밖이었다.

하지만 아빠는 레닌 동상이 분명 헬싱키 중앙역에 있다고 했다. 아빠와 같이 온 손님들은 레닌 동상을 볼 수 있다는 사실이 상당히 흥미로운 것 같았다. 아빠는 레닌이 망명 중이던 핀란드를 떠나며 헬싱키 중앙역에서 그 유명한 '만국의 노동자여 단결하라'는 인터내셔널가를 불렀다는 둥 레닌이 망명한 덕분에 핀란드가 러시아로부터 독립을 하였다는 둥 온갖 이야기를 해서 손님들을 더 자극하는 것 같았다. 아빠가 해외토픽에서 봤다는 기사 이야기는 헬싱키에 레닌의 동상이 있다는 사실에 대해 더 이상 의심할 여지를 없애주었다. 해외토픽에 따르면 핀란드에서 레닌 동상을 없애자고 국민투표에 부쳤더니 반대하는 사람이 더 많아서 그대로 두었다고 한다.

아침을 간단히 맥도날드에서 때우고 중앙역으로 곧장 걸어갔더니, 아무리 찾아봐도 레닌 동상이 아니라 확인 불가능한 핀란드 사람 동상만 하나 서 있었다. 중앙역 안에 있는 관광안내소에 가서 레닌 동상의 위치를 물어보니 아니나 다를까, "이곳은 러시아가 아니에요."라는 말만 반복했다.

내가 혹시 모르니 찾아봐달라고 사정하자 안내원은 컴퓨터로 검색을 하기 시작했다. 그러고는 헬싱키에서 1시간 30분 가량 가면 세계에서 하나밖에 없는 레닌 박물관이 있으니 거기에 가보라고 했다. 우리가 찾는 것은 박물관이 아니라 레닌 동상이라고 다시 말했더니, 안내원은 고개를 갸웃거리며 지도를 펼쳐놓고 한 장소를 가리켰다.

"레닌 동상이 있으면 이곳에 있을 것 같네요. 기찻길을 따라 걸으면 작은 공원이 나와요. 거기에 있을 거예요. 그러니까 동상이 있다면 말이죠!"

"그러니까 동상이 있다면 말이죠!"란 마지막 말이 걸렸지만 우리 일행은 씩씩하게 걷기 시작했다.

만약 동상이 있다면 여기밖에 없다고 지도에 표시한 곳은 '레닌 공원'이었다. 보기에는 가까운 것 같았지만 몇 번씩 물어가면서 호숫가를 따라 걸어가니 엄청난 거리였다. 가뜩이나 인구도 적은 데다 길거리에 사람도 거의 없어 영어가 가능한 사람을 찾아서 길을 묻기가 쉽지 않았다. 참고로 핀란드 사람들은 스웨덴 사람들만큼 영어를 잘하지 못한다.

세 사람에게 물었는데, 그들 모두 같은 장소를 말해주어서 거기에 레닌 동상이 있다는 것을 진정으로 믿어 의심치 않았다. 그러나 사람들이 말한 장소에 도착해보니 레닌 동상은커녕, 그런 것이 있을 것으로 짐작되는 장소조차 찾을 수 없었다. 지도에 나와 있는 장소와 사람들이 말한 장소가 분명한데도 말이다.

마지막으로 만난 영어가 능통한 핀란드 남자는 바로 옆의 조그만 언덕을 가리켰다. 거기가 레닌 공원은 확실했지만(왜 그런 이름을 붙였는지 알 수 없다), 동상은 눈을 씻고 봐도 찾을 수 없었다.

마침 산책을 하고 있던 사람에게 물어보니 이곳에 레닌 동상 같은 것은 애초에 없었단다. 공원의 이름은 분명 레닌 공원이 맞지만, 그 이유는 레닌이 망명을 했을 때 이 근처에서 살았기 때문이 아닐까 싶다며 그 역시 확신 없이 대답할 뿐이었다.

하루 종일 있지도 않은 레닌 동상을 찾아서 헤매다 배를 타기 위해 선착장으로 걸어오는 길은 정말 허탈했다. 아빠는 엄마와 나, 그리고 손님들의 원망 어린 눈빛을 고스란히 받으며 결국은 맛도 지지리 없는 핀란드 전통 식당에서 무지 비싼 식사비를 내는 것으로 죄사함을 받았다.

여기서 얻은 교훈 두 가지. 여행을 할 때는 철저한 사전조사가 필요하다는 것과, 잘 모르면서 아는 척을 하면 돈이 많이 든다는 것이다.

기회가 되면, 동상이 아니라 유리관에 들어 있는 레닌의 미라를 보고 싶다.

동화 같은 에스토니아의 '올드 타운'

유럽에서 한국과 가장 비슷한 역사를 가진 나라는 어디일까? 모든 유럽 국가와 비교해보지는 못했으나 핀란드와 에스토니아가 아닐까 싶다.

핀란드는 세계 최대의 휴대전화 회사인 노키아를 키워낸 저력의 나라다. 한국처럼 늘 외부의 침략에 시달리며 지배를 받았고, 독립한 지 100년도 안 된 상태에서 이뤄낸 성과라는 점에서 한국과 흡사한 면이 많다. 에스토니아 역시 핀란드와 비슷하게 다른 나라의 지배를 받고 살아왔으면서도 자신의 말과 글을 지키면서 기어이 독립을 쟁취해낸 것이 한국과 비슷하다. 특히 에스토니아라는 작은 나라의 역사에는 흥미로운 점들이 상당히 많다.

에스토니아의 아픈 역사

흔히 발트 제국이라고 부르는 세 나라(에스토니아, 라트비아, 리투아니아) 중 하나인 에스토니아는 한국인들에게 다소 생소한 국가일 것이다. 에스토니아는 오래전부터 독일, 스웨덴, 덴마크, 러시아 등의 지배를 받아왔다. 특히 소련과의 악연은 지긋지긋할 정도였는데, 이는 1991년 독립을 선언하기 전까지 이어졌다. 주목할 점은 에스토니아가 독립을 선언하고 소련이 거기에 동의한 것이 단 한 번이 아니라는 점이다. 바꾸어 말하면 소련이 치사하게 약속을 지키지 않았다는 말이다.

1228년 에스토니아의 대부분은 독일 기사단이나 리보니아 연방에 합병되어 1562년까지 지배를 받았다. 그 후 에스토니아는 스웨덴의 지배를 받게 된다. 에스토니아와 러시아의 유쾌하지 못한 관계가 시작된 것은 스웨덴이 거의 100년 동안 지배했던 에스토니아 영토를 1721년 제정 러시아에게 양보하면서부터였다. 1918년 에스토니아의 독립이 이슈화된 이후 에스토니아 독립전쟁이 발발했다. 1917년 10월 혁명이 발발하고 얼마 지나지 않은 러시아는 황제를 따르는 군대와 민간인들의 집합인 백위군과 공산주의자들인 적색군 사이에서 벌어진 적백내전이 한창이었다. 당시 러시아는 에스토니아의 독립에 신경 쓸 겨를이 없었다.

1920년 2월 2일, 소련은 1,500만 루블을 보상하는 조건으로 에스토니아의 독립을 인정하고 영토를 영구적으로 포기하는 타르투 조약을 체결

했다. 하지만 소련은 이때 약속한 것들 중 몇 가지를 지키지 않았다. 그 중 하나는 에스토니아의 두 번째 도시 타르투에 있는 타르투 대학의 박물관 소장품들을 오늘날까지도 반환하지 않는 것이다. 이 부분은 프랑스가 '테제베'를 팔아먹기 위해 한국에서 약탈해간 문화재를 반환하겠다는 약속을 하고 나서 아직까지 되돌려주지 않는 것과 너무나 비슷하다.

물론 소련이 지키지 않은 가장 중요한 약속은 바로 에스토니아의 영토를 영구적으로 포기하겠다는 것이다. 2차 세계대전이 시작된 뒤 소련은 또다시 에스토니아를 지배한다(이 때문에 많은 나라들이 분노했다). 이어서 독일 나치의 지배를 받았으며, 1944년부터는 다시 소련의 지배를 받았다.

이런 일련의 끔찍한 전쟁(피지배)으로 에스토니아는 전체 인구의 25퍼센트를 잃었다. 이는 소련에 의해 카자흐스탄이나 시베리아 등지로 강제 이송된 사람들을 포함한 수치이긴 하나 정말 대단한 숫자다. 강제 이주 역시 중앙아시아 지역으로 강제 이송된 한민족의 고려인들 수난과 너무나 비슷하다.

에스토니아는 1991년 8월 20일, 발목을 잡고 놓아주지 않던 소련이 붕괴하자 연방을 탈퇴해 독립을 선언했다. 또한 이웃 나라인 리투아니아, 라트비아 등지에서 몰려든 수많은 군중들이 집결해 노래한 '노래 혁명(singing revolution)'은 스웨덴 교과서에 실릴 정도로 유명한 사건이다. 같은 해 9월 17일 에스토니아는 유엔에 가입했고, 2004년 5월 1일에는 유럽연합(EU)에 가입했다. 오늘날 에스토니아는 북대서양 조약 기구(NATO)

와 기후변화에 관한 유엔 기본 협약(UNFCCC)에도 참여하여 국제사회에서 자신의 역할을 다하고 있다.

로만티카 호에서의 만행

스톡홀름과 발트해 연안의 나라들로 운행되는 크루저는 노선이 아주 많다. 단순히 관광 차원이 아니라 에스토니아 등 발트 3국이 유럽연합에 가입하면서 서로 간의 왕래가 엄청나게 늘어난 덕분이다.

수레까지 동원하여 짐을 잔뜩 옮기는 보따리장수도 쉽게 눈에 띈다. 중국과 한국을 오가는 보따리장수와 다름이 없다. 유럽연합 국가 간에는 관세가 없고 출입국 심사를 하지 않기 때문에 들고 올 힘만 있으면 싼 가격의 물건을 무제한 사다 나를 수 있다.

북유럽에 사는 한국 사람들은 친지나 주변 사람들이 놀러오면 노르웨이의 피요르드와 에스토니아의 탈린을 관광지로 많이 추천한다. 피요르드는 워낙 여정이 복잡하고 최소 3~4일은 구경해야 제대로 볼 수 있는데다 노르웨이의 살인적인 물가가 무서워서 가기가 쉽지 않다. 하지만 에스토니아나 핀란드의 절경을 볼 수 있고(스톡홀름 항구를 빠져나가는 한 시간 동안 펼쳐지는 경치는 그야말로 압권이다) 가격도 비싸지 않은 크루저 덕에 추천을 많이 한다.

우리 가족과 손님 둘은 주체하기 어려울 만큼 많은 짐을 들고 함께 집을 나섰다. 왕복 이틀 동안 배 안에서 먹을 음식과 들쑥날쑥한 날씨에 대비한 겨울 외투까지 챙긴 덕분이었다.

우리가 이틀 밤을 보내야 할 로만티카 호는 헬싱키행 크루저에 비하면 규모가 작은 편이었다. 우리 가족이 선실 하나를 쓰고, 한국에서 온 손님인 초등학교 3학년 남자아이 주영이와 주영이의 엄마가 또 다른 선실을 썼다. 우리는 마치 먹으러 온 사람들처럼 선실 안에서 밥을 지어 고추장을 비벼가며 게걸스럽게 먹어댔다. 배에서 밥을 어떻게 해먹느냐고 궁금해하는 분들이 있을 것 같다. 선실에는 전기 콘센트가 몇 개씩 있다는 것을 경험으로 알고 있었고, 우리는 비장의 무기인 소형 전기밥솥을 들고 갔다.

밥만 지어 먹었느냐? 어차피 밥과 김치 냄새로 배 안을 진동시킨 김에 컵라면까지 먹었다. 컵라면은 어떻게 먹었냐고 궁금해하는 분들이 또 있을 것 같다. 짜잔! 전기주전자도 가져갔다.

밥솥과 전기주전자와 트렁크 두 개, 컵라면 한 박스, 쌀 한 봉지, 김치와 고추장을 포함한 각종 반찬통들과 과일, 외투와 카메라 가방에다 내가 사용하는 노트북 컴퓨터까지 들고 갔으니 다시 생각해도 미련하기 짝이 없는 출발이었다. 우리끼리 심슨 가족과 비교하면서 배를 잡고 웃은 적이 한두 번이 아니었으니 어떤 모습인지 짐작할 것이다. 유럽은 물가가 너무 비싸기 때문에 현지인들도 가급적 사 먹는 것을 피한다. 우리도 유럽인들처럼 빵만 대충 먹어도 살 수 있다면 짐을 바리바리 이고 지고 여행을 떠나는 불상사가 없으련만, 고추장과 쌀밥을 먹지 않으면 힘을 내지 못하는 민족이니 어떡하랴?

돌아올 때는 컵라면 한 박스와 쌀 한 봉지를 거의 다 먹어치워서 짐이 많이 줄 것으로 예상했으나 의외의 사태가 기다리고 있었다. 돌아올 때의 사단은 나중에 이야기하겠다.

에스토니아의 감라스탄 '올드 타운'

다음 날 오전 9시 30분에 로만티카 호는 에스토니아의 탈린에 도착했다. 항구에 내린 직후의 감상은 헬싱키에 도착했을 때와 별반 다르지 않았다. 헬싱키보다 조금 더 황량한 느낌, 그 이상도 이하도 아니었다.

지척에 있는 나라이면서도 스웨덴과는 분위기가 많이 달랐다. 내가 태어나기도 전에 한국에서 유행했을 것 같은 촌스러운 옷을 파는 가게들 주위에는 많은 여행객들로 어수선했고, 기대했던 예쁜 건물 같은 것은 찾아볼 수 없었다.

안내소에서 받아온 지도를 펼치니 인터넷에서 탈린에 가면 꼭 가봐야 한다고 한 익숙한 이름 올드 타운이 눈에 들어왔다. 올드 타운은 걸어서도 충분히 갈 수 있는 거리여서 내리자마자 트램이나 버스를 타보려고

:: 에스토니아 수도 탈린의 올드 타운 입구

했던 계획은 포기할 수밖에 없었다.

스톡홀름에는 다른 북유럽 국가에 비해 트램을 보기가 힘들다. 딱 하나의 노선만 다니기 때문이다. 그에 비해 탈린의 트램은 여러 가지 특이한 색깔로 칠해져 있어서 보기가 좋았다.

조금 걸어가니 교회로 보이는 뾰족 지붕과 오래된 건물들이 빌딩들 너머로 옹기종기 모여 있었다. 새로 지은 빌딩들 사이로 보이는 고풍스러운 건물들은 이질적이었다. 스톡홀름은 새로운 건물과 오래된 건물들이 자연스럽게 배치되어 있어서 익숙해지면 이상함을 전혀 느끼지 못한다. 지은 지 1년도 안 된 건물과 몇 백 년이 된 건물이 서로 마주 보고 있어도 전혀 부자연스럽지 않다. 우리 학교 건물만 해도 구관은 100년 전, 신관은 6년 전에 지어졌지만 별다른 느낌이 들지 않을 정도다. 하지만 탈린의 올드 타운은 그 경계선이 너무 명확해서인지 마치 옛날 마을을 뚝 떼어다가 현대의 도시에 붙여놓은 것 같았다.

스톡홀름에도 이와 비슷한 명물 감라스탄(Gamla Stan은 스웨덴어로 오래된 지역이라는 뜻이다)이 있다. 하지만 어떤 면에서는 탈린의 올드 타운이 훨씬 크고 구경하기 편안한 느낌이었다.

하나같이 오래되고 낡았으면서도 우아한 건축미를 자랑하는 건물들이 늘어서 있는 사이로 갑자기 넓은 길이 나타나면서 활기차게 움직이는 관광객들이 마술처럼 나타났다. 길게 늘어서 있는 꽃집들과 노천 카페에서는 향기로운 꽃 냄새와 커피 향이 코끝에 기분 좋게 맴돌았다. 날씨가 좋아서인지 길거리에는 작은 노점상들이 나와 있었다. 즉석에서 볶은 계피와 아몬드는 비싸지만 정말 맛있었다. 올드 타운에서 우리의 눈길을 끈 또 한 가지는 수많은 호박 가게다. 물론 먹는 호박이 아니라 광물 호박이다. 올드 타운에는 가는 곳마다 호박으로 만든 장신구를 파는 가게를 쉽게 찾아볼 수 있다.

내가 예전에 읽은 책에는 탈린이 매우 추운 곳으로 묘사되어 있었는데 외투를 가지고 온 의미가 없을 만큼 날씨가 따뜻했다. 그런데도 팔고 있는 옷들은 하나같이 털로 만든 제품이었다. 심지어는 반팔 상의마저 털로 짠 것들이 대부분이었다.

우리가 항구에서부터 봤던 커다란 교회를 찾는 것은 어렵지 않았다. 그 옆에는 스톡홀름의 스투르토리엣이 무색할 정도로 커다란 광장이 있었다. 뺑 둘러 있는 광장 주변에는 크고 작은 노천 카페와 식당들이 모여 있었다.

별로 배가 고프지 않았던 우리 일행은 주변을 조금 둘러본 뒤 점심을 먹기로 했다. 광장에 오기 전에 보아두었던 이탈리아 레스토랑이 있었기 때문이다. 그 레스토랑은 1층과 지하로 이루어져 있었는데, 내가 본 레스

:: 기념품 가게의 아름다운 에스토니아 여성들

엘비스 프레슬리 포즈를 익살스럽게 잡아준 노천카페의 아저씨 ::

:: 전통의상을 입은 노점상

:: 탈린의 알록달록 예쁜 트램

:: 에스토니아 전통 의상

:: 노천카페에서 햇빛을 즐기는 유럽 관광객들

토랑 중에서 둘째가라면 서러울 정도로 멋진 곳이었다. 게다가 가격도 비싸지 않았다. 하지만 결론부터 말하면 그 '멋진 이탈리아 레스토랑'은 잘못된 선택이었다.

이탈리아 레스토랑이라기에 파스타 종류를 생각하고 있던 우리는 도무지 정체를 알 수 없는 음식들이 나열된 메뉴가 나오자 창피함을 무릅쓰고 식당을 나올 수밖에 없었다. 항상 그래왔듯이 악역은 내가 도맡았다. 나는 그날도 아빠 엄마가 떠밀어서 무섭게 생긴 여직원에게 그냥 나가도 되겠냐고 양해를 구해야 했다.

그 다음 '선택'은 선택을 당한 것이었다. 호객꾼에게 호객 행위를 당했다는 뜻이다. 감동적일 만큼 순진하게 생긴 젊은 남녀가 우리에게 다가와서 정중하고도 진지하게 자기네 레스토랑의 음식이 얼마나 맛있고 우아하며 가격까지 싼지 설명했다. 그 설득에 넘어가서 들어간 레스토랑은 독특한 원탁과 함께 음식도 괜찮았지만, 물 인심이 짜서 아쉬웠다.

유럽 대부분의 나라에서는 레스토랑에서 식사를 할 때 비싼 물 값을 치러야 한다. 이탈리아 같은 나라는 물 값뿐만 아니라 자릿세도 내야 하고, 자릿세 내기 싫으면 서서 먹어야 하니 참으로 살벌하다는 생각이 든다. 한국이야 묻지 않아도 컵에 물을 가득 따라주고, 스웨덴도 대체로 물은 공짜로 주는 나라(만약 공짜로 주지 않으면 화장실 세면대에서 그냥 떠먹어도 된다)이니 물 값을 내는 게 아깝게 느껴졌다.

건물들만큼이나 인상적인 것은 간판과 그림들이었다. 간판 하나하나가 모두 달랐고, 모양 역시 독창적이고 특이했다. 어떤 카페는 나무 창문 전체를 여성의 그림으로 채워놓기도 했다.

에스토니아에 축복이 있기를

출항 시각이 가까워오자 몇 가지 간단한 기념품을 샀지만, 우리의 진정한 기념품은 이런 자잘한 장식품이 아니었다. 항구로 걸어오는 도중 이카와 비슷한 큰 규모의 슈퍼마켓에 들르게 되었다. 엄마와 아줌마는 야채 코너에서 배추 가격표를 본 뒤 너무나 싼 가격에 환호성을 질렀다. 그래서 우리의 짐에는 배추 두 포기가 추가되었다. 스웨덴에서도 배추를 팔기 때문에 김치를 담가 먹지만, 배추 값이 기가 막히도록 비싸다. 거기에 비하면 에스토니아의 배추는 한국과 가격이 비슷했다. 그 외에도 치약, 과자, 음료수, 사탕 등 에스토니아의 저렴한 상품에 감탄한 우리는 필요한 것과 필요하지 않은 것까지 마구 주워 담았고, 마치 막 이사 온 사람들마냥 많은 짐을 싸들고 스톡홀름으로 돌아가게 되었다. 주영이네 반 아이들에게 돌릴 선물을 고민하고 있던 아줌마는 에스토니아의 특별한 과자와 초콜릿 값이 너무 싸고 좋다며 감탄사를 연발했다. 그 결과 우리의 짐은 한 무더기 더 늘어났다.

아빠는 등에 메고 어깨에 걸고 양손에 들고 걸었고, 다들 끌고 밀고 지고 크루저로 돌아가는 모습이 마치 전쟁통의 피난민을 보는 것 같아 우스웠다. 여자들이 마구 사대는 모습을 기가 막힌 듯이 바라보던 아빠도 스웨덴에 비해 너무나 싼 가격에는 어쩔 수 없었는지 별다른 불평을 하지 않았다.

무거운 짐을 들고 오느라 전부 초주검이 되어 크루저에 도착해보니 크루저 바로 앞에 규모가 훨씬 큰 슈퍼마켓이 있었다. 슈퍼마켓 입구에는 우리 같은 사람들을 위해 크루저까지 끌고 들어갈 수 있는 카트도 준비되어 있었다. 우리는 모두 허탈한 웃음을 지을 수밖에 없었다.

아무튼 동화 속 나라 같은 탈린의 올드 타운은 멋진 곳이었다. 북유럽의 베네치아라는 스톡홀름에 익숙한 우리 가족도 탈린의 올드 타운이 너무나 매력적이라고 느낄 정도였으니까 말이다. 외세로부터 독립하여 유럽연합의 가장 모범적인 발전 모델의 하나로 불리는 에스토니아와 친절한 에스토니아 국민들에게 축복이 있기를 기원한다.